梅花桩

中华传统侠义小说十七篇

国韵小小说

上海图书馆 编

生活·讀書·新知 三联书店

Copyright ⓒ 2018 by SDX Joint Publishing Company
All Rights Reserved.
本作品版权由生活·读书·新知三联书店所有。
未经许可，不得翻印。

图书在版编目（CIP）数据

梅花桩：中华传统侠义小说十七篇/上海图书馆编.
—北京：生活·读书·新知三联书店，2018.1
（国韵小小说）
ISBN 978-7-108-05256-8

Ⅰ.①梅… Ⅱ.①上… Ⅲ.①小小说-小说集-中国-现代 Ⅳ.①I246.8

中国版本图书馆 CIP 数据核字（2017）第 280121 号

责任编辑	成　华　陈丽军
封面设计	刘　俊
责任印刷	黄雪明
出版发行	生活·讀書·新知 三联书店
	（北京市东城区美术馆东街22号）
邮　编	100010
印　刷	常熟高专印刷有限公司
版　次	2018年1月第1版
	2018年1月第1次印刷
开　本	650毫米×900毫米 1/16 印张 12.5
字　数	109千字
定　价	29.00元

编者的话

近一百年前,一批通俗浅近、装帧精美的"口袋书"陆续面世,是为"小小说"系列。其内容多依托古典小说名著改编,文字浅显,材料活泼,更有鲜明悦目的精美封面助人兴味,既可供文学爱好者品味消遣,亦是学校教育、家庭教育、民众教育的流行读本。惜历时久远,今多已散佚。

为"复活"这批优秀的传统文化读物,特搜集上海图书馆所藏共九十余种"小小说",略据内容分为六册,凡军事、历史、武侠、志怪、世情,涵盖各种类型,集中展现了我国古典白话小说的发展水平与艺术特色。

为便于读者阅读,现将原书的竖排繁体转为横排简体,修正了其中的漏字、错字、异体字,并根据现代汉语语言规范对标点符号进行了统一处理。必须说明的是,编者仅就明显的语言错误做出修正,在文从字顺的前提下,尽可能保留了特定时代的语言风格。

当然,也由于时代的局限,书中存在一些与当今理念相悖之处,考虑到还原作品原貌,均视作虚构文学素材予以保留。读者阅读此书,当能明辨。

95	劈罗真人
107	旅店除奸
118	劫王纲
129	狄青比武
138	大闹酒楼
150	文白降龙
161	义士赠刀
172	能仁寺
185	梅花桩

目录

1 大闹五台山

12 黄泥冈

25 武松打虎

36 十字坡

46 鸳鸯楼

60 浔阳江

71 祝家庄

84 望蒙山斗箭

大闹五台山

山西代州有一座五台山,向来是得道高僧修行之地。寺院清幽,戒律森严。行住僧众不下千人,从没有一个敢稍放肆,都是规行矩步,守那禅规,其中却有一个和尚,忽然横冲直撞,大闹起来,弄得山门前金刚卧地,宝殿上尿积横流。一切僧众都七颠八倒,无计可施,只叫得苦。

这和尚原来是军官出身,半路出家,本姓鲁,单名达,力大无穷,生性粗鲁。一日,在本乡路见不平,三拳打死一个恶人。官司行文捕拿,没处逃避。他有个盟兄赵员外,就在五台山文殊院里替这个赵员外剃度出家,免得受罪。当时院内长老赐他一个禅名,叫作智深。且与他摩顶受记道:"一要皈依佛性,二要皈奉正法,三要皈敬师友。此是三皈。五戒者:一不要杀生,二不要偷盗,三不要邪淫,四不要食酒,五不要妄语。"智深不晓得戒坛答应"能""否"二字,却便道:"俺记得。"众僧听了都匿笑不已。受记已罢,赵员外辞了长老,别了众人,上轿下山回家去了。长老自引了众僧回寺。

话说鲁智深回到丛林选佛场中禅床上,倒头便睡。上下肩两个坐禅的和尚推他起来,说道:"使不得。既要出家,如何不学坐禅?"智深道:"俺自睡,干你甚事。"和尚道:"善哉!"智深喝道:"团鱼俺也吃,什么'鳝'哉？"和尚道："却是苦也。"智深便道："团鱼大腹，肥甜，好吃，哪得苦也？"上下肩和尚都不睬他，由他自睡了。

次日，上下肩和尚要去对长老说知智深如此无礼。首座劝道："长老说道，他后来正果非凡，我等皆不及他。你们且没奈何，勿与他一般见识。"和尚自去了。智深见没人说他，每到晚便放翻身体，横罗十字，倒在禅床上睡。夜间鼻声如雷响，要起来净手，大惊小怪，只在佛殿后拉屎撒尿，遍地都是。侍者禀长老说："智深好生无礼，全没些个出家人体面。丛林中如何安着得此等之人！"长老喝道："胡说！且看赵员外檀越之面，后来必改。"自此无人敢说。

鲁智深在五台山寺中，不觉搅了四五个月。时遇初冬天气，智深久静思动。当日晴明，智深穿了皂衣直裰，系了鸦青绦，换了僧鞋，大踏步出山门来，信步行到半山亭子上，坐在凳上，想道："俺呆么！往常好酒好肉每日不离口，如今教俺做了和尚，饿得干瘪了。赵员外这几日又不使人送些东西来与俺吃，口中淡出清水来，这早晚如何得些酒来吃也好。"正想酒哩，只见远远的一个汉子，挑着一副担桶，唱上山来，桶上面盖着桶盖。那汉子手里拿着一个旋子，唱着上来，唱道："九里山前作战场，牧童拾得旧刀枪。顺风吹起乌江水，好似虞姬别霸王。"鲁智深看见那汉子挑担桶上来，到亭子上歇下担桶。智深道："汉子，你那桶里是什么东西？"那汉子道："好酒。"智深道："多少钱一桶？"那汉子道："和尚，你真个作要？"智深道："俺和你要什么？"那汉子道："我这酒挑上山去，只卖与寺内火工道人、直厅、轿夫、老郎们做生活的吃。本寺长老已有法旨，倘卖与和尚们吃了，我们都被长老责罚，追了本钱，赶出去。我们现借着本寺的本钱，住着本寺的屋宇，如何敢卖与你吃？"智深道："真个不卖？"那汉子道："杀了我也不卖。"智深道："俺不杀你，只要问你买酒吃。"那汉子见不是头，挑了担桶便走。智深赶下亭子，双手拿住扁担，只一脚，踢得那汉子双手掩着小腹，做一堆蹲在地下，半日不得起来。智深将那两桶酒提在亭子里，地下拾起旋子，开了桶盖，只顾舀冷酒吃。无一时，两桶酒吃了一桶。智深道："汉子，明日寺里来讨钱。"那汉子方才痛止，又怕寺里长老得知，坏了衣饭，忍气吞声，哪里敢讨钱，把酒分做两半桶挑了，拿了旋子，飞也似的下山去了。

　　只说鲁智深在亭子上坐了半日，酒却上来，下得亭子，松树根边又坐了半歇，酒越涌上来。智深把皂直裰褪膊下来，把两只袖子缠在腰下，露出脊背上花绣来，扇着两个膀子上山来。看看来到山门下，两个门子远远地望见，拿着竹篦来到山门下，拦住鲁智深，便喝道："你是佛家子弟，如何吃得烂醉了上山来。你眼不瞎，也见本寺贴着晓示：但凡和尚破戒吃酒，决打四十竹篦，赶出寺去。如门子纵容醉的僧人入寺，也吃十下。你快下山去，饶你几下竹篦。"鲁智深一者初做和尚，二来旧性未改，睁起双眼叫道："你两个要打俺,俺便和你厮打!"门子见势头不好,一个飞也似的去报监寺,一个虚拖着竹篦拦他。智深用手隔开,搽开五指,去那门子脸上只一掌,打得踉踉跄跄。却待挣扎,智深再复一拳,打倒在山门下,只是叫苦。鲁智深道:"俺饶你这厮。"踉踉跄跄颠入寺里来。监寺听得门子报说,叫起老郎、火工、直厅、轿夫二三十人,各执白木棍棒,从西廊下抢出来,却好迎着智深。智深望见,大吼一声,却似嘴边起个霹雳,大踏步抢入来。众人初时不知他是军官出身,后见他行得凶了,慌忙都退入殿里去,便把亮槅关了。智深抢上阶来,一拳一脚,打开亮槅,二三十人都赶得没路奔逃。智深夺条棒,从殿里打将出来。监寺慌忙报知长老。长老听得,急引了四五个侍者,直来廊下,喝道:"智深不得无礼!"智深虽然酒醉,却认得是长老,撇了棒,向前来打个问讯,指着廊下,对长老道:"智深吃了两碗酒,又不曾撩拨他们,他众人又引人来打俺。"长老道:"你看我面,快去睡了,明日却再说。"鲁智深道:"俺不看长老面便打死你这几个秃驴。"长老叫侍者扶智深去。智深一到禅床上,扑地便倒,鼾鼾地睡了。

众多职事僧人围定长老,告诉道:"向日徒弟们曾说此人凶鲁,不宜为僧。今日如何?本寺哪容得这个野猫,乱了清规。"长老道:"他虽是眼下有些啰唣,后来却成得正果。没奈何,且看赵员外檀越之面,容恕他这一番。我自明日叫来埋怨他便了。"众僧冷笑道:"好个没分晓的长老!"各自散去。次日早斋罢，长老使侍者到僧堂里坐禅处唤智深时，尚兀自未起。待他起来，穿了直裰，赤着脚，一直走出僧堂来。侍者吃了一惊，赶出外来寻时，却在佛殿后撒尿。侍者忍笑不住，等他净了手，说道："长老请你说话。"智深跟着侍者到方丈。长老道："智深，你虽是个武夫出身，今赵员外檀越剃度你，我与你摩顶受记，教你一不可杀生，二不可偷盗，三不可贪酒。你如何夜来吃得大醉，打了门子，伤坏了殿上朱红槅子，又把火工道人都打走了，口出喊声？如何这般行为？"智深跪下道："今番不敢了。"长老道："既然出家，如何先破了酒戒，又乱了清规？我不看你施主赵员外面，定赶你出寺。再后休犯。"智深起来合掌道："不敢，不敢。"长老留在方丈里，安排早饭与他吃，又用好言语劝他，取一领细布直裰，一双僧鞋，与了智深，教回僧堂去。常言，"酒能成事，酒能败事"，那小胆的吃了也胡乱做了大胆，何况性躁的人呢。

再说鲁智深自从吃酒闹了这一场，一连三四个月不敢出寺门去。忽一日，天气暴暖，是二月的时令。智深离了僧房，信步蹀出山门，立了看着五台山，喝彩一回，猛听得山下鸡鸣狗吠，杂着人的声喧，顺风吹上山来。智深再回僧堂里，取了些银两，揣在怀里，一步步走下山来，出得"五台福地"牌楼来看时，原来却是一个市井，约有五七百人家。智深看那市镇上时，也有卖肉的，也有卖菜的，也有酒店、面店。智深寻思道:"俺呆么!早知有这个地方,不夺他那桶酒吃,也早下来买些吃。这几日熬得清水流,且过去看看有甚东西买些吃。"

行不到二三十步,见一个酒旗挑出在房檐上。智深掀起帘子,来到里面坐下,敲着桌子叫道:"拿酒来!"卖酒的主人家说道:"师父少罪,小人住的房屋是寺里面的。长老已有法旨:倘是小人们卖酒与寺里僧人吃了,便要追了小人们本钱,又赶出屋。因此只得休怪。"智深道:"胡乱卖些与俺吃,俺定不说是你家便了。"那店主人道:"胡乱不得。师父别处去吃,休怪休怪。"

智深只得起身,便道:"俺别处吃得,却来和你说话。"出得店门,行了几步,又望见一家酒旗儿直挑出在门前。智深一直走进去,坐下叫道:"主人家快把酒拿来卖与俺吃。"店主人道:"师父,长老已有法旨,你定也知,却来坏我们衣饭。"智深不肯动,三回五次,哪里肯卖。智深情知不肯,起身又走,连走了三五家,都不肯卖。智深寻思一计道:"不想个道理,如何能够有酒吃。"远远的杏花深处,市梢尽头,一家挑出个草帚儿来。智深走到那里看时,却是傍村小店。智深走入店里坐下,便叫道:"主人家,过往僧人买碗酒吃!"庄家看了一看道:"和尚,你哪里来?"智深道:"俺是行脚僧人,游方到此,要买碗酒吃。"庄家道:"和尚,若是五台山寺里的师父,我却不敢卖与你吃。"智深道:"俺不是,快将酒卖来。"庄家见鲁智深这般模样,声音各别,便道:"你要打多少酒?"智深道:"休问多少,大碗只顾筛来。"约莫也吃了十来碗,智深问道:"有甚肉,拿一盘来吃。"庄家道:"早来有些牛肉,都卖完了。"智深猛闻得一阵肉香,走出空地上看时,只见墙边砂锅里煮着一只狗。智深道:"你家现有狗肉,如何不卖与俺吃?"庄家道:"我怕你是出家人不吃狗肉,因此不来问你。"智深道:"俺这里有银子。"便摸着银子递与庄家道:"你且卖半只与俺。"庄家连忙取半只熟狗肉,捣些蒜泥,拿来放在鲁智深面前。智深大喜,用手扯那狗肉,蘸着蒜泥吃,一连又吃了十来碗酒,吃得口滑,只顾讨,哪里肯住。庄家倒呆了,叫道:"和尚,算了罢!"智深抬起眼道:"俺又不白吃你,管俺做甚!"庄家道:"再要多少?"智深道:"再打一桶来。"庄家只得又舀一桶来。无一时,智深又吃了这桶酒,剩下一只狗腿,拿来揣在怀里。临出门又道:"多的银子,明日再来吃。"吓得庄家目瞪口呆,罔知所措,看他却向五台山上去了。

  智深出了店门,走到半山亭子上坐了一会儿,酒却涌上来,跳起身来,口里道:"俺好些时不曾拽拳使脚,觉得身体都困倦了,俺且使上几路看。"下得亭子,把两只袖子搭在手里,上下左右使了一回,使得力发,只一膀子扇在亭子柱上,只听得刮喇喇一声响亮,把亭子柱打折,亭子坍了半边。门子听得半山里响,高处看时,只见鲁智深一步一颠,抢上山来。两个门子叫道:"苦也!这野猫今番又醉得不小。"便把山门关上,把门闩拴了,只在门缝张望。智深抢到山门下,见关了门,用拳头擂鼓也似的敲门,两个门子哪里敢开。智深敲了一回,扭过身来,看看左边的金刚,喝一声道:"你这个大汉,不替俺敲门,却拿着琵琶只顾弹,俺不饶你。"跳上台基,把栅刺子一扳,却似撅葱一般,扳开了,拿起一根折木头,朝那金刚腿上便打,只打得泥和颜色都脱下来。门子张见道:"苦也!"只得报知长老。智深等了一会,调转身来,看那右边金刚,喝一声道:"你这厮张开大口,却来笑俺。"便跳过右边台基,把那金刚脚上重打两下,只听得一声震天似的响,那尊金刚从台基上倒撞下来。智深提着折木头大笑。

两个门子去报长老,长老道:"休要惹他,你们自去。"只见这首座、监寺、都寺并一应职事僧人,都到方丈禀说:"这野猫今日醉得不小,把半山亭子、山门下金刚都打坏了,如何是好?"长老道:"自古天子尚且避醉汉,何况老僧乎?若是打坏了金刚,请他的施主赵员外来塑新的;倒了亭子,也要他修盖。这个且由他。"众僧道:"金刚乃是山门之主,如何可以换过?"长老道:"休说坏了金刚,便是打坏了殿上三世佛,也没奈何,只得回避他。你们见前日的行凶么?"众僧出得方丈,都道:"好个糊涂的长老!门子,你且休开,只在里面听。"智深在外面大叫道:"秃驴们不放俺入寺时,山门外讨火来烧了这寺。"众僧听得,恐怕若不开来,真个做出来,只得叫门子拽了门闩,由那野猫入来。门子蹑手蹑脚,拽了闩,飞也似的闪入房里躲了。众僧各自回避。

只说鲁智深双手把山门尽力一推,扑地颠将入来,跌了一跤,爬将起来,把头摸一摸,直奔僧堂来。到得选佛场中,众和尚正打坐间,看见鲁智深揭起帘子,钻将入来,都吃一惊,尽低了头。智深到得禅床边,喉咙里咯咯响,看着地下便呕吐。众僧都闻不得那臭,个个道:"善哉,善哉!"一齐掩了口鼻。智深吐了一回,爬上禅床,将绦解下,把直裰都毕毕剥剥扯断了,脱下那只狗腿来。智深道:"好,好!正肚饥哩。"扯来便吃。众僧看见,便用袖子遮了脸,上下肩两个和尚远远躲开。智深见他们躲开,便扯一块狗肉,看着上首的道:"你也吃口。"上首的那和尚用两只袖子死掩了脸。智深道:"你不吃?"把肉往下首的和尚嘴边塞过去。那和尚躲不迭,却要下禅床,智深把他耳朵揪住,将肉便塞。对床四五处和尚跳过来劝时,智深撇了狗肉,提起拳头朝那和尚脑袋上毕毕剥剥只顾凿。满堂僧众大喊起来,都去柜中取了衣钵要走。此乱叫作"卷堂大散"。首座哪里禁约得住。智深一味地打起来,大半和尚都躲到廊下来。监寺、都寺不与长老说知,叫起一班职事僧人,点起老郎、火工道人、直厅、轿夫约有一二百人,都执杖叉棍棒,一齐打入僧堂来。

智深见了,大吼一声,别无器械,抢入僧堂里佛面前,推翻供桌,拿两条桌脚,从堂里打将出来。众多僧人见他来得凶了,都拖了棒退到廊下。智深两条桌脚着地卷将来,众僧早两下合拢来。智深大怒,指东打西,指南打北,直打到法堂下。只见长老喝道:"智深不得无礼!众僧也休动手。"两边众人被打伤了数十个,见长老来,各自退去。智深见众人退散,撇了桌脚,叫道:"长老与俺做主。"此时酒已七八分醒了。长老道:"你连累煞老僧。前番醉了一次,搅了一场,我教你兄赵员外得知,他写书来与众僧陪话。今番你又大醉无礼,乱了清规,打坍了亭子,又打坏了金刚,这个且由它。你搅得众僧卷堂而走,这个罪业非小。我这里五台山文殊菩萨道场,千百年清净香火之处,如何容得你这个秽污?你且随我来方丈里过几日,我安排你一个地方。"智深随长老到方丈去。长老一面叫职事僧人留住众和尚,再回僧堂,自去坐禅。打伤了的和尚,自去调养。长老领智深到方丈歇了一夜。

次日,与首座商量,收拾些银两赍发他到别处去,一面通知赵员外,着人来修理赔偿,才把五台山上森严气象渐渐恢复转来。你道这场大闹厉害不厉害呢?

黄泥冈

国韵小小说

黄泥冈

话说宋朝山东济州府郓城县东门外,有一个东溪村。村中保正,姓晁名盖,是本县本乡富户,平生仗义疏财,专爱结识江湖上好汉,做那劫富济贫的豪举。一日,晁盖和他的好友吴用、公孙胜、刘唐、阮小二、阮小五、阮小七等七人在村中聚议,要去劫那当朝蔡太师的生辰纲。原来蔡太师的女婿梁中书收买了价值十万贯的礼物,去庆贺太师生辰。这就叫作"生辰纲"。当时公孙胜道:"我已打听得这生辰纲,只是从黄泥冈大路上来。"晁盖道:"黄泥冈东十里路,地名安乐村。有一个闲汉,叫作白日鼠白胜,也曾来投奔我。"刘唐道:"此处离黄泥冈较远,何处可以容身?"吴用道:"这个白胜家便是我们安身处,亦还要用着白胜。"晁盖道:"吴先生,我等是软取,还是硬取?"吴用笑道:"只看他来的光景,力则力取,智则智取。我有一条计策,不知中你们意否?如此如此。"晁盖听了大喜,颠着脚道:"好妙计!不枉了称你做智多星。"吴用道:"休得再提!常言道:'隔墙须有耳,窗外岂无人。'"当下各人约定时期,便分头散了。

且说梁中书将礼物收拾完备,却在后堂坐了沉思。只见蔡夫人问道:"相公,生辰纲几时起程?"梁中书道:"礼物都已完备,明后日便可起身。只因上年费了十万贯收买珍珠宝贝,送上东京去,半路被贼人劫将去了,至今无获。今年帐前眼见得又没个了事的人送去。"蔡夫人指着阶下道:"你常说这个人十分了得,何不着他委纸领状走一遭,不致失误。"梁中书看阶中那人时,却是青面兽杨志,便唤杨志上厅说道:"我正忘了你。你若与我送得生辰纲去,我自有抬举你处。"杨志揸手向前禀道:"恩相差遣,不敢不依。只不知如何送法?几时起程?"梁中书道:"用十辆太平车子,帐前拨十个厢禁军监押着车,每辆上各插一把黄旗,上写着'献贺太师生辰纲',每辆车子再使军健跟着。三日内便要起身去。"杨志道:"非是小人推托,其实去不得。乞钧旨别差英雄精细的人去。"梁中书道:"我有心要抬举你,这献生辰纲的札子内另修一封书在中间,太师跟前重重保你,受道敕命回来。如何倒生支词,推辞不去?"杨志道:"恩相在上,小人也曾听得上年被贼人劫去的事,至今未获。今岁途中盗贼又多。此去东京,又无水路,都是旱路,经过的是紫金山、二龙山、桃花山、伞盖山、黄泥冈、白沙坞、野云渡、赤松林,这几处都是强人出没的去处。更兼单身客人,亦不敢独自经过。他知道是金银宝物,如何不来抢劫?以此去不得。"梁中书道:"如此,多着军校防护送去便了。"杨志道:"恩相便差一万人去,也不济事。这厮们听得强人来时,都是先走了的。"梁中书道:"你这般说时,生辰纲不要送去了。"杨志又禀道:"若依小人一件事,便敢送去。"

梁中书道："我既委在你身上，如何不依你话？"杨志道："若依小人，并不要车子，把礼物都装作十余条担子，只做客人的行货，一面选拣十个壮健的厢禁军，却装作脚夫挑着。只消一个人和小人去，却打扮作客人，悄悄连夜送上东京交付。如此办方好。"梁中书道："你说得甚是。"当日便叫杨志一面打拴担脚，一面选拣军人。

次日，叫杨志来厅前伺候，梁中书出厅来问道："杨志，你几时起身？"杨志禀道："告复恩相，只在明早准行，就委领状。"梁中书道："夫人也有一担礼物，另送与府中宝眷，也要你领。怕你不知头路，特再叫奶公谢都管并两个虞候和你一同去。"杨志告道："恩相，杨志去不得了。"梁中书道："礼物都已拴缚完备，如何又去不得？"杨志禀道："此十担礼物都在小人身上，他众人须都由杨志，要早行便早行，要晚行便晚行，要住便住，要歇便歇，亦依杨志提调。如今又叫老都管并虞候和小人去，他是夫人的人，又是太师府门下奶公，倘或路上与小人拗执起来，杨志如何敢和他争论得？若误了大事时，杨志那其间如何分说？"梁中书道："这个也容易，我叫他三个都听你提调便了。"杨志答道："若是如此，小人情愿便委领状。倘有疏失，甘当重罪。"梁中书大喜，随即唤老谢都管并两个虞候出来，当厅吩咐道："杨志提辖情愿委了一纸领状，监押生辰纲珍珠宝贝十一担，赴东京太师府交割，这干系都在他身上。你三人和他做伴去，一路上早起晚行住歇，都要听他言语，不可和他执拗。"老都管一一都应了。

次日早起五更，府里把担仗都摆在厅前，老都管和两个虞候又将一小担财帛，共十一担，拣了十一个壮健的厢禁军，都做脚夫打扮。杨志戴上凉笠儿，穿着青纱衫子，系了缠带行履麻鞋，挎口腰刀，提条朴刀。老都管也打扮作个客人模样，两个虞候装作跟的伴当。各人都拿了条朴刀，又带几根藤条，在厅上拜辞了梁中书。看那军人担仗起程，杨志和谢都管、两个虞候监押着，一行共是十五人，离了梁府，出得北京城门，取大路投东京进发。

此时正是五月半天气，虽是晴明得好，只是酷热难行。杨志要限六月十五日生辰前到，只得在路上趱行。自离了北京五六日，只是起五更趁早凉便行，日中热时便歇。五六日后，人家渐少，行人又稀，一站站都是山路。杨志却要辰牌起身，申时便歇。那十一个厢禁军，担子又重，天气热了，行不得，见着林子便要去歇息。杨志赶着催促要行，如若停住，轻则痛骂，重则藤条便打。两个虞候虽只背些包裹行李，也气喘了跟不上。杨志便嗔道："你两个好不晓事！你们不替俺打这脚夫，却在背后也慢慢地挨，这路上不是耍处。"那虞候道："不是我两个要慢走，其实热了行不动。前日只是趁早凉走，如今正热偏要行？真是好歹不均匀。"杨志道："你这般说话，却是放屁。前日行的须是好地面，如今正是不同,若不日里赶过去,谁敢三更半夜走?"两个虞候口里不言,肚中寻思:"这厮不值得便骂人。"杨志提了朴刀,拿着藤条,自去赶那担子。两个虞候坐在柳荫树下,等得老都管来,告诉道:"杨志那厮只是我相公门下一个提辖,直这般会做大!"老都管道:"须是相公当面吩咐,休要和他执拗,权且耐他。"两个虞候道:"相公也只是人情话儿,都管自个儿做主便了。"老都管又道:"且耐他一耐。"

当日行到申牌时分,寻得一个客店里歇了。那几个厢禁军汗如雨下,都叹气吹嘘,对老都管说道:"我们不幸做了军健。这般火热的天气,挑着重担,这两日又不拣早凉行,动不动老大藤条打来,都是一般父母皮肉,我们直如此苦!"老都管道:"你们不要怨恨,到东京时,我自赏你。"众军汉道:"若是似都管看待我们时,并不敢怨恨。"次日天色未明,众人起来,都要趁凉起身去。杨志跳起来喝道:"哪里去!且睡了,却理会。"众军汉道:"趁早不走,日里热时走不得,却打我们。"杨志大骂道:"你们省得什么!"拿了藤条要打。众军忍气吞声,只得睡了。当日直到辰牌时分,慢慢地打火,吃了饭去。一路上赶打着,不许投凉处歇。那十一个厢禁军口里喃喃讷讷怨恨,两个虞候在老都管面前絮絮聒聒搬口。老都管听了,也不着意,心内自恼他。

似此行了十四五日,那十四个人,没一个不怨恨杨志。当日客店里,辰牌时分,慢慢地打火,吃了早饭行。正是六月初四日时节,天气未及晌午,一轮红日当天,没半点云彩。行的路都是崎岖小径。约行了二十余里路程,那军人们思量要去柳荫树下歇凉,被杨志拿着藤条打将来,喝道:"快走!叫你早歇。"众军人看那天时,四下里无半点云彩,其实热不可当。杨志催促一行人在山中僻路里行,看看日色当午,那石头上热了,脚疼走不得。众军汉道:"这般天气热,真要晒杀人。"杨志喝着军汉道:"快走!赶过前面冈子去,却再理会。"正行之间,前面迎着那土冈子。一行十五人奔上冈子来。歇下担仗,那十一人都去松林树下睡倒了。杨志说道:"苦也!这里是什么去处,你们却在这里歇凉起来!"众军汉道:"你便剁我做七八段,也是走不动了。"杨志拿起藤条,劈头盖脑打去,打得这个起来,那个睡倒。杨志无可奈何。只见两个虞候和老都管气喘吁吁,也来到冈子上松树下坐着喘气。看这杨志打那军健,老都管见了,说:"提辖,天实在热了,走不动。"杨志道:"都管,你不知,这里正是强人出没的去处,地名叫作黄泥冈。闲常太平时节,白日里尚自出来劫人。谁敢在这里停脚!"两个虞候听杨志说了,便道:"我见你说好几遍了,只管拿这话来惊吓人。"老都管道:"权且叫他们歇一歇,略过日中行,如何?"杨志道:"你也没分晓了。这里下冈子去,还自有七八里没人家,如何敢在此歇凉?"老都管道:"我自坐一坐再走,你自去赶众人先走。"

杨志拿着藤条喝道:"一个不走的,便吃二十棍。"众军汉一齐叫将起来。数内一个分说道:"提辖,我们挑着百十斤担子,须不比你空手走的。你不把人当人!便是留守相公来监押时,也容我们说一句。"杨志骂道:"这畜生不怄死俺。"拿起藤条,劈脸又打去。老都管喝道:"杨提辖且住。你听我说。我在东京太师府里做奶公时,门下军官见了成千上万,都向着我喏喏连声。不是我口浅,量你是个芥菜籽大小的官职,竟至如此逞能。休说我是相公家都管,便是村庄一个老的,也应依我劝一劝,只顾把他们打,是何看待?"杨志道:"都管,你须是城市里人,生长在相府里,哪里知道路途上千难万难。"老都管道:"四川、两广也曾去来,不曾见你这般卖弄。"杨志道:"如今须不比太平时节。"都管道:"你说这话该剜口割舌,今日天下为何不太平?"

杨志却待要回言,只见对面松林里一个人在那里伸头探脑。杨志道:"俺说什么,不是歹人来了!"撇下藤条,拿了朴刀,赶入松林里来,喝一声道:"你这厮好大胆,怎敢看俺的行货!"赶来看时,只见松林里一字儿摆着七辆江州车儿,七个人脱得赤条条的在那里乘凉。一个鬓边老大一搭朱砂记,拿着一条朴刀,见杨志赶入来。七个人齐叫一声:"啊呀!"都跳起来。杨志喝道:"你等是什么人?"那七人道:"你是什么人?"杨志又问道:"你等莫不是歹人?"那七人道:"你颠倒胡问,我等是小本经纪,哪里有钱与你。"杨志道:"你等小本经纪人，偏俺有大本钱。"那七人问道："你究竟是什么人？"杨志道："你等且说哪里来的人？"那七人道："我等弟兄七人，是濠州人，贩枣子上东京去，打从这里经过。听得多人说，此地黄泥冈上时常有贼打劫客商。我等一面走，一面自说道：'我七个只有些枣子，并无甚财货。'只顾过冈子来。上得冈子，当不过这热，权且在这林子里歇一歇，待晚凉了行。只听得有人上冈子来，我们只怕是歹人，因此使这个兄弟出来看一看。"杨志道："原来如此，也是一般的客人。却才见你们窥望，唯恐是歹人，因此赶来看一看。"说着提了朴刀，仍复回来。

老都管坐着道："既是有贼，我们去休。"杨志说道："俺只道是歹人，原来是几个贩枣子的客人。"老都管别了脸，对众军汉道："似你方才说时，他们都是没命的。"杨志道："不必相闹，俺只要没事便好。你们且歇了，等凉些走。"众军汉都笑了。杨志也把朴刀插在地上，自去一边树下坐了歇凉。

没半碗饭时，只见远远一个汉子挑着一副担桶，口里唱着，走上冈子来。松林里头歇了担桶，坐下乘凉。众军汉看见了，便问那汉子道："你桶里是什么东西？"那汉子应道："是白酒。"众军汉道："挑往哪里去？"那汉子道："挑出村里卖。"众军汉道："多少钱一桶？"那汉子道："五贯足钱。"众军汉商量道："我们又热又渴，何不买些吃吃，解暑气？"正在那里凑钱，杨志见了，喝道："你们又做什么？"众军道："买碗酒吃。"杨志调过朴刀杆便打,骂道:"你们不得俺言语,胡乱便要买酒吃,好大胆!"众军汉道:"我们自凑钱买酒吃,干你甚事。"杨志道:"你们理会得什么!只顾嘴馋,全不晓得路途上的艰难。多少好汉被蒙汗药麻翻了。"那挑酒的汉子看着杨志,冷笑道:"你这客官好不晓事,我本不卖与你吃,却说出这般没气力的话来。"

正在松树边闹动争说,只见对面松林里那伙贩枣子的客人都提着朴刀走出来,问道:"你们闹什么?"那挑酒的汉子道:"我自挑这酒过冈子村里卖,热了在此歇凉。他众人要问我买些吃,我又不曾卖与他。这个客官说我酒里有什么蒙汗药。你道好笑么?说出这般话来!"那七个客人说道:"我只道有歹人出来,原来是如此。我们正想买酒来解渴,既是他们疑心,且卖一桶与我们吃。"那挑酒的道:"不卖,不卖!"这七个客人道:"你这汉子也不晓事,我们须不曾说你。你左右挑到村里去卖,一般还你钱,便卖些与我们吃,有什么要紧。"那挑酒的汉子便道:"卖一桶与你无妨,只是被他们说的不好。又没碗瓢舀吃。"那七人道:"你这汉子忒认真,便说了声,有什么要紧的事。我们自有椰瓢在这里。"

只见两个客人去车子前取出两个椰瓢来,一个捧出一大捧枣子来。七个人立在桶边,开了桶盖,替换着舀那酒,把枣子过口。无一时,一桶酒都吃尽了。七个客人道:"正不曾问得你多少价钱?"那汉子道:"五贯足钱一桶,十贯一担。"七个客人道:"五贯便依你五贯,只饶我们一瓢吃。"那汉子道:"饶不得,做定的价钱。"一个客人把钱还他,一个客人便去揭开桶盖,兜了一瓢,拿上便吃。那汉子去夺时,这客人手拿半瓢酒望松林里便走。那汉子赶将去,只见这边一客人从松林里走将出来,手里拿一个瓢,便来桶里舀了一瓢酒。那汉子看见,劈手抢来,往桶里一倾,便盖了桶盖,将瓢往地下一丢,口里说道:"你这客人,好不君子相!摸手摸脚的也这般啰唣。"

那对过众军汉见了,心内痒起来,都待要吃。数中一个看着老都管道:"老爷爷,与我们说一声。那卖枣子的客人买他一桶吃了,我们胡乱也买他这桶吃,润一润喉也好。其实热渴了,没奈何,这里冈子上又没处讨水吃。老爷方便!"老都管见众军汉所说,自己心里也要吃些,径来对杨志说:"那贩枣子客人已买了他一桶吃,只有这一桶,胡乱教他们买吃些,避避暑气。冈子上实在没处讨水吃。"杨志寻思道:"俺在远处看见这厮们都买他的酒吃了,那桶里当面也见吃了半瓢,想是好的。打了他们半日,胡乱容他买碗吃罢。"杨志道:"既然老都管说了,教这厮们买吃了便起身。"众军健听了这话,凑了五贯足钱来买酒吃。那卖酒的汉子道:"不卖了,不卖了!这酒里有蒙汗药。"众军健赔着笑说道:"大哥,值得便还言语。"那汉子道:"不卖了,休缠!"这贩枣子的客人劝道："你这个汉子,他固然说得差了,你也忒认真,连累我们也吃你说了几声。须不关他众人之事,胡乱卖与他众人吃些。"那汉子道："没事讨别人疑心做什么。"这贩枣子客人把那卖酒的汉子推开一边,只顾将这桶酒提与众军健去吃。一军汉开了桶盖,无甚舀吃,赔个小心,问客人借与椰瓢用一用。众客人道："就送这几个枣子与你们过酒。"众军健谢道："什么道理。"客人道："休要相谢,都是一般客人,何争在这百十个枣子上。"众军健谢了,先兜两瓢,叫老都管吃一瓢,杨提辖吃一瓢。杨志哪里肯吃。老都管自先吃了一瓢,两个虞候各吃一瓢。众军汉一发上前,把那桶酒登时吃尽了。

杨志见众人吃了无事,自本不吃,一者天气甚热,二者口渴难熬,拿起来只吃了一半,枣子分几个吃了。那卖酒的汉子说道："这桶酒被那客人饶一瓢吃了,少了你些酒,我今饶了你众人半贯钱罢。"众军汉凑出钱来还他。那汉子收了钱,挑了空桶,依然唱着山歌,自下冈子去了。那七个贩枣子的客人,立在松树旁边,指着这一十五人说道："倒也,倒也!"只见这十五个人,头重脚轻,一个个面面相觑,都软倒了。那七个客人从松树林里推出七辆江州车儿,把车子上枣子都丢在地上,将这十一担珍珠宝贝都装在车子内,遮盖好了,叫声："聒噪!"从黄泥冈推下去了。杨志口里只是叫苦,软了身体,挣扎不起。十五人眼睁睁地看着那七个人都把这珠宝装了去,只是起不来,挣不动,说不得。我且问你:这七人端的是谁?不是别人,原来正是晁盖、吴用、公孙胜、刘唐、三阮这七个。却才那个挑酒的汉子,便是白日鼠白胜。却如何用药?原来挑上冈子时,两桶都是好酒。七个人先吃了一桶,刘唐揭起桶盖,又兜了半瓢吃,故意要他们看着,只是叫人死心塌地。次后,吴用去松林里取出药来,抖在瓢里,只做走来饶他酒吃,拿瓢去兜时,药已搅在酒里,假意兜半瓢吃。那白胜劈手夺来,倾在桶里。这条计策都是吴用的主张。这个唤作"智取生辰纲"。

  由此看来,做人真是要步步留心。老都管不听杨志的话,以致着了吴用的道儿,生辰纲眼睁睁被人取去。现在世界上类乎此种的骗局正多,你道可怕不可怕?

武松打虎

国韵小小说

武松打虎

话说宋朝阳谷县有一座山,名叫景阳冈。冈上出了一只吊睛白额大虫,这却是山东的一种土话,老虎叫作大虫。自从出了这条大虫以后,晚间时时出来吃人,十分厉害。过路客商稍不小心就要伤命。官司杖限猎户擒捉,总是无效。却来了一个大汉,要过这个冈去。

这大汉姓武名松,因排行第二,又名二郎,清河县人氏。他在外日久,要回去看望他的哥哥大郎。在路上行了几日,一日来到阳谷县地面,此处离县治还远,相近冈子。却当响午时候,走得肚中饥渴,见前面有一酒店,门前挑着一面旗子,上头写着五个字道:"三碗不过冈。"武松走入里面坐下,把手里的哨棒倚了,叫道:"主人家快拿酒来。"只见店主人把三只碗、一双箸、一碟热菜放在武松面前,满满筛了一碗酒来。武松拿起碗一饮而尽,叫道:"这酒好生有气力,主人家有饱肚的买些下酒。"酒家道:"只有熟牛肉。"武松道:"好的,切二三斤来。"酒家去里面切出两斤熟牛肉,做一大盘子,捧来放在武松面前,随即再筛一碗酒。武松吃了道:"好酒。"又筛下一碗,恰好吃了三碗,再也不来筛。武松敲着桌子叫道:"主人家为何不来筛酒?"酒家道:"客官要肉,便添来。"武松道:"我也要酒,也再切些肉来。"酒家道:

"肉便切来,添与客官吃,酒却不添了。"武松道:"却又作怪。"便问主人家道:"你如何不肯再卖?"酒家道:"客官,你须见我门前旗上面明明写道:'三碗不过冈。'"武松道:"如何唤作'三碗不过冈'?"酒家道:"俺家的酒虽是村酒,却胜老酒的滋味。但凡客人来我店中,吃了三碗的便醉了,过不得前面的山冈去。因此唤作'三碗不过冈'。"

武松听了笑道:"原来如此。我却吃了三碗,如何不醉?"酒家道:"我这酒叫作'透瓶香',又叫作'出门倒'。初入口时,醇酽好吃,少刻便倒。"武松道:"休要胡说!我又不欠你的钱,再筛三碗来吃。"酒家见武松全然不动,又筛三碗。武松吃道:"真是好酒!主人家我吃一碗,还你一碗钱,只顾筛来。"酒家道:"客官休只管要饮,这酒的确要醉倒人,没药医。"武松道:"休得胡说!便是你放蒙汗药在里面,我也有鼻子。"店家被他发话不过,一连又筛三碗。武松道:"肉再切二三斤来吃。"酒家又切了二斤熟肉,再添了三碗酒。武松吃得口滑,只顾要吃,去身边取出些碎银子叫道:"主人家,你且来看我银子,还你酒钱,够么?"酒家看了道:"有余,还须找钱与你。"武松道:"不要你找钱,只将酒筛来。"酒家道:"客官,你要吃酒时,还有五六碗酒哩,只怕你吃不得了。"武松道:"就五六碗,你尽数筛将来。"酒家道:"你这条大汉,倘或醉倒了,如何扶得住你?"武松答道:"要你扶的不算好汉。"酒家哪里肯将酒筛来。武松焦躁道:"我不白吃你的，休要引我性发，通教你屋里粉碎，把你这店子倒翻转来！"酒家道："这厮醉了，休惹他。"再筛了六碗酒与武松吃。武松前后共吃了十八碗，绰了哨棒，立起身来道："我却不曾醉。"走出门前来，武松笑道："却不见得'三碗不过冈'！"手提哨棒就走。

酒家赶出来叫道："客官哪里去？"武松立住了问道："叫我做什么？我又不少你酒钱，唤我做甚。"酒家叫道："我是好意。你且回我家看抄白官司榜文。"武松道："什么榜文？"酒家道："如今前面景阳冈上，有只吊睛白额大虫，晚了出来伤人，坏了二三十条大汉性命。冈子路口都有榜文。可教往来客人结伙成队，于巳、午、未三个时辰过冈，其余寅、卯、申、酉、戌、亥六个时辰，不许过冈。更兼单身客人，务要等伴结伙而过。这早晚正是未末申初时候，我见你走都不问人，枉送了自家性命。不如就在此间歇了，等明日慢慢凑得二三十人，好一齐过冈去。"武松听了，笑道："我是清河县人氏，这条景阳冈上少也走过一二十遭，几时听说有大虫。你休说这些话来吓我！便有大虫，我也不怕！"酒家道："我是好意救你。你不信，进来看官司榜文。"武松道："你休胡说！便真个有虎，我也不怕。你留我在家里歇，莫非半夜三更要谋我财，害我性命，却拿大虫吓我？"酒家道："你看么！我是一片好心，反做恶意，倒落得你这样说。你不信我，请尊便自行。"一面说着，一面摇着头，自进店去了。

这武松提了哨棒,大踏步自过景阳冈来。约行了四五十里路,来到冈子下,见一大树,刮去了皮,一片白,上写两行字。武松抬头看时,上面写道:"近因景阳冈大虫伤人,如有过往客商,可于巳、未、午三个时辰,结伙成队过冈。请勿自误。"武松看了,笑道:"这是酒家诡诈,惊吓那等胆小客人到他那家里歇宿。我怕什么?"横拖着哨棒,便上冈子来。那时已有申牌时候,一轮红日厌厌地相傍下山。武松乘着酒兴,只管走上冈子来,走不到半里多路,见一个败落的山神庙。行到庙前,见这庙门上贴着一张印信榜文,武松住了脚读时,上面写道:"阳谷县示:为景阳冈上有一只大虫,伤害人命,现今杖限各乡里正并猎户人等行捕未获。如有过往客商人等,可于巳、未、午三个时辰,结伴过冈。其余时辰及单身客人不许过冈,恐被伤害性命。各宜知悉。政和年月日。"武松读了印信榜文,方知真有虎,欲待转身再回酒店里来,寻思道:"我回去时,须被他耻笑,不是好汉,难以转去。"沉思了一回,说道:"我怕什么!且只顾上去,看怎样!"武松正要走,看看酒涌上来,便把毡笠儿掀在脊梁上,将哨棒绾在肋下,一步步上那冈子来,回头看这日色时,渐渐地坠下去了。

　　此时正是十月间天气,日短夜长,容易得晚。武松自言自语道:"哪有什么大虫?人自怕了,不敢上山。"武松走了一程,酒力发作,焦热起来,一只手提着哨棒,一只手把胸膛前衣服袒开,直奔过乱树林来。武松见一块光溜溜的大青石,把那哨棒倚在一边,放翻身体,却要睡,只见发起一阵狂风。那一阵风过了,只听得乱树背后扑的一声响,跳出一只吊睛白额大虫来。武松见了,叫声:"啊呀!"从青石上翻将下来,便拿哨棒在手里,闪在青石边。那大虫又饥又渴,把两只爪在地上略按一按,和身往上一扑,从半空中撺将下来。武松被那大虫一吓,酒都做冷汗吓出来了。说时迟,那时快,武松见大虫扑来,只一闪,闪在大虫背后。那大虫背后看人最难,便把前爪搭在地下,把腰胯一掀,掀将起来。武松只一闪,闪在一边。大虫见掀他不着,便大吼一声,却似半天里起了一个霹雳,震得那山冈也动,满林树叶多瑟瑟地响起来。只见它把那铁棒也似的虎尾倒竖起来,向武松只一剪,武松轻轻一跳,却又闪在一边。原来那大虫拿人,只有三种法子:一扑、一掀、一剪,最来得凶猛,三般捉不着时,气性就要没了一半。现在那大虫一扑、一掀已着了空,末后一剪,又不着,便再吼了一声,将身体一兜,兜将回来。

　　武松见那大虫翻身转来,双手抡起哨棒,用尽平生气力,只一棒从半空中劈将下来。只听得一声响,簌簌地将那树连枝带叶劈将下来。武松定睛看时,却不曾劈着大虫。原来打急了,正打在枯树上,把那条哨棒折做两段,只拿得一半在手里,那一半不知抛向哪里去了。这大虫见武松抡棒打将下来,咆哮性发,翻身又是一扑,扑将过来。武松又尽力一跳,退了十余步远。恰好那大虫把两只前爪搭在武松面前,张开大口,正要昂起头来。武松不慌不忙,把半段哨棒顺手一丢,两只手就势把大虫顶花皮揪住,一按按将下来。那只大虫急要挣扎,被武松尽气力按定,哪里肯放松半点儿。武松用脚往大虫面门上、眼睛里、鼻子上只顾乱踢。那大虫咆哮起来,后半身向上乱耸,前半身却动弹不得。大虫越挣扎,武松越用力。大虫身底下扒起两堆黄泥,成了一个土坑。武松就把那大虫嘴直按到黄泥里去。那大虫被武松打得没有了力气,嘴又埋在泥里,闷得气都接不上。武松用左手紧紧地揪住顶花皮,偷出右手来,提起铁锤般拳头,尽生平之力,一五一十只顾打,打到六七十拳,那大虫眼里、口里、鼻子里、耳朵里都迸出鲜血来,不能再动,只剩得口里气喘,肚皮息动不已。武松看了看,放了手,来到松树边寻那打折的哨棒,拿在手里回转身来。再看看大虫,只怕不死苏醒过来,用棒橛又打了一回。眼见不喘气,肚皮也不息动了,武松方才丢了棒,寻思道:"我就此拖这死大虫下冈子去。"就血泊里双手提时,那大虫却像生了根似的,动也不动。武松方知道自己使尽了气力,手脚都酥软了,就跑到原睡的那块大青石上坐了半歇。武松向四下望了一望,寻思道:"天色看看黑了。倘或再跳出一只大虫来,却如何斗得过它?岂不送了性命?且挣扎下冈子去,明早再来理会。"

武松就石头边寻了毡笠儿,立起身来,转过乱树林边,一步步挨下冈子来。走不上半里多路,只听见枯草丛中瑟瑟地响,武松定睛一看,却见又钻出两只大虫,直向他跑来。武松道:"啊呀!我今番罢了!"忽见那两只大虫在黑影里直立起来。武松再定睛看时,却是两个人将虎皮缝做衣裳,紧紧绷在身上,手里各拿着一支五股叉。二人见了武松,吃一惊道:"你吃了豹子肝、狮子腿,胆倒包着身躯!如何敢独自一个黄昏时候走过这冈子来?你是人?是鬼?还是这个冈上的山神土地爷?"一个道:"是了。这个一定就是虎伥,它变成人,引导大虫吃人。后面一定就有大虫出来,赶紧逃罢。"二人正待回身,武松道:"你两个是什么人?何故蒙了虎皮出来吓人?莫非要劫人财物吗?"那二人道:"我们是本处猎户。"武松道:"你们上岭做什么?"两个猎户失惊道:"你不知道么?如今这景阳冈上有一只吊睛白额大虫,夜夜出来伤人,好生可怕。就是我们猎户也折了七八个,过往客人不计其数,都被这大虫吃了。本县知县着落当乡里正和我们猎户人等捕捉。那大虫势大难近,谁肯舍了性命向前。我们为它正不知吃了多少限棒,只捉它不得。今夜又该我们两个捕猎,和十数个乡夫在此,上上下下放了窝弓、药箭等它。我们正在这里埋伏,听见山路上有脚步声响,还道是大虫出来,向外一看,却见你大模大样地从冈子上走下来。我们两个吃了一惊。天色虽黑,幸亏还看得清楚,否则窝弓、药箭就要发出来呢。你到底是何人?从哪里来此?曾见大虫吗?"

武松道:"我是清河县人氏,姓武名松,排行第二,又名二郎,要回去探望我的哥哥。却才冈子上乱树林边,正撞见那大虫,被我一顿拳脚打死了。"两个猎户听得呆了,将信将疑地说道:"怕没这话!"武松道:"你不信,看我身上哪里来的血迹。"两个道:"如何打来?"武松就把那大虫怎样出来,怎样咆哮剪扑,自己怎样跳闪,怎样按打,一一说了。两个猎户听了又喜又惊,叫拢那十个乡夫来。那十个乡夫都拿着钢叉、踏弩、刀枪,随即拢来向着武松看,面现惊异之色。武松问道:"他们众人如何不随你两个上山?"猎户道:"那大虫十分厉害,他们如何敢上山!"便叫武松把打大虫的事向众人说,众人都不肯信。武松道:"你众人不信的话,我和你们去看便了。"众人身边都有火刀、火石,随即发出火来,点起六七个火把。众人都跟着武松,一同再上冈子来,看见那大虫做一堆儿死在那里。众人见了大喜,都手舞足蹈起来。众人商议,先叫一个去报知本县里正并该管上户。这里五六个乡夫七手八脚把大虫缚了,抬下冈子来。

到得岭下,早有七八十人都哄上前来,先把死大虫抬在前面,将一乘兜轿抬了武松,投本处一个上户家来。那上户、里正都在庄前迎接,把这大虫扛到草厅上。却有本乡上户、本乡猎户三二十人都来看望武松。众人问道:"壮士高姓大名?贵乡何处?"武松道:"小人是此间邻郡清河县人氏,姓武名松,排行第二。因从沧州回乡来,昨晚在冈子那边酒店里吃得大醉了,上冈子来,正撞见这大虫。"把那打虎的身份拳脚又细说了一遍。众上户道:"真乃英雄好汉!"众猎户先取野味来请武松吃酒。武松因打大虫困乏了,要睡,上户便叫庄客收拾一间客房,且教武松歇息。到天明,上户先使人报知县里,一面合具虎床,安排端正,送到县里去。

天明,武松起来洗漱罢。众多上户牵一头羊,挑一担酒,都在厅前侍候。武松穿了衣裳,整顿巾帻,出到前面,与众人相见。众上户把盏说道:"被这个大虫正不知害了多少人性命,连累猎户吃了几顿限棒。今日幸得壮士来到,除了这个大害。第一,乡中人民有福;第二旅客通行,实出壮士之赐。"武松谢道:"非小人之能,托赖众长上福荫。"众人都来作贺。吃了一早晨酒食,抬出大虫,放在虎床上,众乡村上户都把缎匹花红来挂与武松。武松有些行李包裹寄在庄上,一齐都出庄门前来。早有阳谷县知县差人来接,武松都相见了。四个庄客抬乘凉轿来抬了武松,把那大虫扛在前面,也挂着花红缎匹,迎到阳谷县里来。

那阳谷县人氏听得说一个壮士打死了景阳冈上大虫,迎接了来,尽皆出来看,轰动了整个县治。武松在轿中看时,只见挨肩叠背,闹闹攘攘,屯街塞巷,都来看迎大虫。到县前衙门口,知县已在厅上专等。武松下了轿,众人扛着大虫,来到厅前,将其放在甬道上。知县看了武松这般模样,又见了这个老大锦毛大虫,心中自忖道:"若不是这个大汉,如何打得这个大虎!"便唤武松上厅来。武松去厅前道声了喏。知县问道:"请问打虎的壮士,你如何打死这个大虫?"武松就厅前将打虎的事又说了一遍。厅上厅下都惊得呆了。知县就厅上赐了几杯酒,拿出上户凑的赏赐钱一千贯,给予武松。武松禀道:"小人托赖相公的福荫,偶然侥幸打死了这个大虫。非小人之能,如何敢受赏?小人闻知这众猎户因这个大虫受了相公责罚,何不就把这一千贯给散众人去用?"知县道:"既如此,任从壮士。"武松就把这赏钱在厅上散与众人。知县见武松忠厚仁德,就使他在本县做个都头。这件事后来一传十,十传百,传扬起来,不论妇孺老幼都晓得武松打虎哩。

十字坡

国韵小小说

十字坡

古时交通不便，陆上无火车，水上无轮船。北边地方更兼河道稀少，连舟楫都不通，因此来往客商必须奔走旱路，沿路上都有酒店客店供人住宿，也是便利行人之道。却有一种强徒暴客借开店为由谋财害命，这就叫作"黑店"。黑者，暗无天日的意思。

宋朝时候，梁山泊强盗横行不法，所以来往孔道上，这种黑店甚多。最厉害可怕的，便是孟州道上母夜叉孙二娘开的人肉店。那景阳冈上打虎的武松也几乎着她谋害。其余寻常客商便不消说了。

这母夜叉何以能够谋害武松呢？又为何要谋害武松呢？原来武松自从景阳冈上打死了虎，除了大害，就在阳谷县里做都头，后来因替他哥哥报仇，犯了命案，自首到官。官府爱他是个仗义的烈汉，代他减轻罪名，脊杖四十，刺了两行金印，充配孟州牢城。当时武松自和两个防送公人迤逦取路投孟州来。两个公人知道武松是个好汉，一路只是小心服侍他，不敢轻慢。武松见他两个小心，也不和他们计较，包内有的是金银，但过村坊铺店，便买酒买肉和他两个吃。

话休烦絮。武松自从三月初头杀了人，坐了两个月监房，如今来到孟州路上，正是六月前后，炎炎火日，铄石流金之际，只得赶早凉而行。约莫也行了二十余日，来到一条大路，三个人已到岭上，却是巳牌时分。武松道:"我们且休坐了,赶下岭去寻买些酒肉吃。"两个公人道:"也说得是。"三个人奔过岭来,只一望时,见远远的土坡下约有数间草屋,傍着溪边,柳树上挑出个酒帘儿。武松见了,指道:"那里不是有个酒店。"三个人奔下岭来,山冈边见个樵夫,挑一担柴过去。武松叫道:"汉子,借问这里叫什么去处?"樵夫道:"这岭是孟州道岭。前面大树林边,便是有名的十字坡。"武松问了,自和两个公人一直奔到十字坡边看时,为头一株大树,四五个人抱不交,上边都是枯藤缠着。看看抹过大树边,早望见一个酒店,门前窗槛边坐着一个妇人,露出绿纱衫儿来,头上黄烘烘的插着一头钗镮,鬓边插着些野花。见武松同两个公人来到门前,那妇人便走起身来迎接,下面紧一条鲜红生绢裙,搽一脸胭脂铅粉,说道:"客官,歇歇脚去。本店有好酒好肉,要点心时,好大馒头。"两个公人和武松入到里面,坐在一副柏木桌凳座头上。两个公人倚了棍棒,解下那缠袋,上下肩坐了。武松先把脊背上包裹解下来,放在桌子上,解了腰间搭膊,脱下布衫。两个公人道:"这里又没人看见,我们担些利害,且与你除了这枷,快活吃两碗酒。"便与武松揭了封皮,除下枷来,放在桌子底下。三人都脱了上半截衣裳,搭在一边窗槛上。只见那妇人笑容可掬,走近前来说道:"客官,打多少酒?"武松道:"不要问多少,只顾筛来。肉便切三五斤来,一发算钱还你。"那妇人道:"也有好大馒头。"武松道:"也拿三二十个来做点心。"那妇人嘻嘻笑着,走入里面托出一大桶酒来,放下三只大碗、三双箸,切出两盘肉来,一连筛了四五巡酒,去灶上取了一笼馒头来放在桌子上。两个公人拿起来便吃。武松取一个拍开看了,叫道:"酒家,这馒头是人肉的,是狗肉的?"那妇人嘻嘻笑道:"客官休要取笑。清平世界,荡荡乾坤,哪里有人肉的馒头,狗肉的滋味?我家馒头,积祖是黄牛的。"武松道:"我从来走江湖上,多听得人说道:'大树十字坡,客人谁敢那里过?肥的切做馒头馅,瘦的却把去填河。'"那妇人道:"客官哪得这话?这是你自捏出来的。"武松道:"我见这馒头馅肉内有些碎嫩骨,好像人的指甲一般,以此疑心。"那妇人道:"你休说梦话。这是黄牛的皮屑。"武松又问道:"娘子,你家丈夫却怎的不见?"那妇人道:"我的丈夫出外做客未回。"武松道:"你独自一个须冷落。"那妇人笑着寻思道:"这贼配军却不是讨死,倒来戏弄老娘!正是灯蛾扑火,惹焰烧身。不是我来寻你,我且先对付那厮!"这妇人便道:"休要取笑。再吃几碗,去后面树下乘凉。要歇,便在我家安歇不妨。"

武松听了这话,自家肚里寻思道:"这妇人不怀好意了,你看我且先耍她。"武松又道:"大娘子,你家这酒好生淡薄,别有甚好酒,请我们吃几碗。"那妇人道:"有些十分香美的好酒,只是浑些。"武松道:"最好,越浑越好。"那妇人心里暗笑,便去里面托出一旋浑色酒来。武松看了道:"这个正是好酒,只宜热吃最好。"那妇人道:"还是这位客官省得,我烫来你尝尝。"妇人自忖道:"这个贼配军正是该死。倒要热吃,这药却是发作得快。那厮当是我手里行货!"烫得热了,把将过来筛做三碗,笑道:"客官,试尝这酒。"两个公人哪里忍得饥渴,只顾拿起来吃了。武松便道:"娘子,我从来喝不得寡酒,你再切些肉来与我过口。"那妇人答应,便走入里面去。武松看得那妇人转身入去,却把这酒泼在僻暗处,只虚把舌头来咂道:"好酒!还是这个酒冲得人动!"那妇人哪曾去切肉,只虚转一遭,便出来拍手叫道:"倒也,倒也!"那两个公人只见天旋地转,噤了口,往后扑地便倒。武松双眼紧闭,扑地仰倒在凳边。只听得这妇人笑道:"着了!由你奸似鬼,到了老娘手里,便教你逃不走。"便叫:"小二、小三,快出来!"只听得里面飞奔出两个蠢汉来,先把两个公人扛了进去。这妇人便来桌上,提那包裹并公人的缠袋,想是捏一捏,大约里面尽是金银。只听得她大笑道:"今日得这三头行货,倒有好两日馒头卖,又得这若干东西。"听得她把包裹缠袋提入去了,随后听她出来。看这两个汉子扛抬武松,哪里扛得动,直挺挺在地下,却似有千百斤重的。只听得妇人喝道:"你们只会吃饭吃酒,全没些用,直要老娘亲自动手。这个大汉,却也会戏弄老娘,这等肥胖,好做黄牛肉卖。那两个瘦蛮子,只好做水牛肉卖。扛进去,先开剥这厮用。"那武松听了要笑,只得竭力忍住,听她一头说,一头想是脱那绿纱衫儿,解了红绢裙子,便来把武松轻轻提将起来。武松就势两只手一抱,却把两条腿望那妇人下半截只一挟,便把那妇人捉住,动转不得。那妇人杀猪也似叫将起来。那两个汉子急待向前,被武松大喝一声,惊得呆了。那妇人被按在地上,只叫道:"好汉饶我!"哪里敢挣扎。只见门前一人挑一担柴歇在门首,望见武松按倒那妇人在地上,那人大踏步跑将进来,叫道:"好汉息怒!且饶恕了,小人自有话说。"武松跳将起来,左脚踏住妇人,提着双拳,看那人时,头戴青纱凹面巾,身穿白布衫,下面腿绷护膝,八搭麻鞋,腰系着缠袋,生得三拳骨叉脸儿,微有几根髭髯,年近三十五六,看着武松,叉手不离方寸,说道:"愿闻好汉大名。"武松道:"我行不更名,坐不改姓,都头武松便是。"那人道:"莫不是景阳冈打虎的武都头?"武松回道:"然也。"那人纳头便拜道:"闻名久矣,今日幸得拜识。"武松道:"你莫非是这妇人的丈夫?"那人道:"是。小人的妻子有眼不识泰山,不知为何触犯了都头?可看小人薄面,望乞恕罪。"武松慌忙放起妇人来,便问:"我看你夫妻两个也不是等闲的人,愿求姓名。"那人便叫妇人穿了衣裳,快近前来拜了都头。武松道:"却才冲撞,嫂嫂休怪。"那妇人便道:"有眼不识好人,一时不是,望伯伯恕罪。且请伯伯里面坐谈。"

武松又问道:"你夫妻二位高姓大名?如何知我姓名?"那人道:"小人姓张名青,原在此间光明寺种菜园子。为因一时争些小事，性起把这光明寺僧杀了，放把火全烧做白地。后来也没对头，官司也不来问，小人只在此大树坡下剪径。忽一日，有个老儿挑担子过来。小人欺负他老，抢出去和他厮打，斗了二十余回合，被那老儿一扁担打翻。原来那老儿年纪小时专一剪径，因见小人手脚活，便带小人归去，到城里教了许多本事，又把这个女儿招赘小人做了女婿。城里住不得，只得依旧来此间盖些草屋，卖酒为生。实是只等客商过往，有那入眼的，便把些蒙汗药与他吃了。大块好肉，切做黄牛肉卖，零碎小肉做馅包馒头。小人每日也挑些往村里卖，如此度日。小人因好结识江湖上好汉，人都叫小人作菜园子张青。俺这妻子，姓孙，全学得她父亲本事，人都唤她作母夜叉孙二娘。小人却才回来，听得妻子叫唤，谁想得遇着都头！小人多曾吩咐妻子道：'三等人不可坏他。第一是云游僧道，他不曾受用过分了，又是出家的人。但是一次却险些儿坏了一个惊天动地的人。那人原是延安老种经略相公帐前提辖，姓鲁名达，为因三拳打死了一个镇关西，逃上五台山落发为僧。因他脊梁上有花绣，江湖上都呼他作花和尚鲁智深，使一条浑铁禅杖，过六十来斤，也从这里经过。妻子见他生得肥胖，酒里下了些蒙汗药，扛入在作坊里。正要动手开剥，小人恰好归来，见他那条禅杖非俗，却慌忙用解药救起来，结拜为兄。打听他近日占了二龙山宝珠寺，和一个什么青面兽杨志霸在那方落草。小人几番收得他相招的书信,只是不能够去。"武松道:"这两个,我也在江湖上久闻他名。"

张青又道:"只可惜了一个头陀,长七八尺一条大汉,也把来麻坏了。小人归得迟了些个,已把他卸下四肢。如今只留得一个箍头的铁界尺,一领皂直裰,一张度牒在此。别的都不打紧,有两件物最难得:一件是一百零八颗人顶骨做成的数珠,一件是两把雪花镔铁打成的戒刀。想这头陀也自杀人不少,直到如今,那刀常要半夜里啸响。小人只恨不曾救得这个人,心里常常怀念他。第二是江湖上行院妓女之人,她们是冲州撞府,逢场作戏,陪了多少小心得来的钱物。若还结果了她,那厮们把你我相传去戏台上,说得我等江湖上好汉不英雄。小人又吩咐妻子,第三是各处犯罪流配的人,中间多有好汉在里头,切不可坏他。不想妻子不依小人的言语,今日又撞着了都头,幸喜小人归得早些。却是如何起了这片心?"母夜叉孙二娘道:"本是不肯下手,一者见伯伯包里沉重,二乃怪伯伯说起风凉话,因此一时起意。"武松道:"我是斩头沥血的人,何肯戏弄良人?我见嫂嫂瞧得我包里紧,先疑心了,因此特说些风凉话,诱你下手。那碗酒我已泼了,假做中毒。你果然来提我,一时拿住。甚是冲撞了,嫂嫂休怪!"张青大笑起来,便请武松直到后面客席里坐定。武松道:"兄长,你且放出那两个公人。"张青便引武松到人肉作坊里看时,见壁上绷着几张人皮,梁上吊着六七条人腿,见那两个公人一颠一倒,挺着在剥人凳上。武松道:"大哥,你且救起他两个来。"张青道:"请问都头,今得何罪?发配到何处去?"武松把他的嫂嫂谋害哥哥,以及自己杀奸夫西门庆并嫂嫂为哥哥报仇的缘由,一一说了一遍。张青夫妻两个听了,欢喜不尽。

　　当下张青对武松说道:"不是小人心歹,与其都头去牢城营里受苦,不若就这里把两个公人做翻,且只在小人家里过几时。若是都头肯去落草时,小人亲自送至二龙山宝珠寺,与鲁智深相叙入伙,如何?"武松道:"甚感兄长好心顾盼小弟,只是一件,武松平生只要打天下硬汉,这两个公人于我分上极是小心,一路上服侍我来,我若害了他们,天理也不容我。你若敬爱我时,便与我救起他两个来,不可害他们。"张青道:"都头既然如此仗义,小人便救醒他。"当下张青叫火家从剥人凳上搀起两个公人来,抬至外边。孙二娘便去调一碗解药来,张青扯住耳朵灌将下去。没半个时辰,两个公人如梦中睡觉的一般,爬将起来,看了武松,说道:"我们却如何醉在这里?这店家有如此好酒,我们又喝不多,便如此醉了!记着他家,回来再问他买吃。"武松笑将起来,张青、孙二娘也笑,两个公人正不知为何。那两个火家自去宰杀鸡鹅,煮得熟了,整顿杯盘。张青叫后面葡萄架下放了桌凳座位,便邀武松并两个公人到后园内。武松便让两个公人上面坐了,张青、武松在下面朝上坐了,孙二娘坐在横头。两个汉子轮番斟酒,来往搬摆盘馔。张青劝武松饮酒至晚,取出那两口戒刀来,叫武松看了,果然镔铁打的,非一日之功。两个又说些江湖上好汉的勾当,却是杀人放火的事。武松又说:"山东及时雨宋公明,仗义疏财,如此豪杰,如今也为事逃在江湖上。"两个公人听得,惊得呆了,只是下拜。武松道:"难得你两个送我到这里了,决不致有害你之心。我等江湖上好汉们说话,你休要吃惊。我们并不肯害为善的人,你只顾吃酒。明日到孟州时,自有相谢。"当晚就张青家里歇了。

次日,武松要行,张青哪里肯放,一连留住,管待了三日。武松感激张青夫妻两个厚意,论年岁,张青却长武松五年,因此张青便与武松结拜为兄弟。武松再辞了要行,张青又置酒送行,取出行李、包裹、缠袋来交还了,又送十来两银子与武松,把二三两零碎银子赏发两个公人。武松就将这十两银子一发与了两个公人,再戴上行枷,依旧贴了封皮。张青和孙二娘送出门前,武松和两个公人取路,径到孟州去了。

这件事论起来,若不是武松精细,难免着这母夜叉毒手。譬如这张青所说的那个头陀,身材何等长大,武器何等威赫,必定也是武松一流人物,却糊糊涂涂地死了,连名姓都不知。你道这种黑店可怕不可怕!传说清朝末年,那山东道上,却还有这种黑店。就是现在世上,虽没有什么黑店,但是类乎黑店的正多。凡人外出旅行,总须处处留神,才免落入陷阱哩。

鸳鸯楼

国韵小小说

鸳鸯楼

话说武松打虎,是人人知晓,个个赞扬。其实鸳鸯楼中血溅尸横,正不亚那景阳冈上石崩树折呢。那武松生来正直,为何却要杀人如麻起来?说来话长。

武松打了虎在阳谷县里做都头,后来因替他哥哥报仇,杀了人,刺配到孟州牢城做犯人。那牢城小管营施恩却十分敬重他,每日请他喝酒吃肉,又与他结为兄弟。原来那孟州东门外有一座市井,唤作快活林,是山东、河北客商来往买卖之地。大小客店不下百十处。施恩在那里也开了一家酒肉店,又靠着自己武艺,在这市上颇有些势力。后来新从东路来的张团练带一个人到此,姓蒋名忠。因他生得长大,人人都唤他作蒋门神。这蒋门神用强霸手段把施恩的酒肉店霸占了去。武松因感激施恩,就替他抱打不平,把蒋门神打翻,赶出境去。施恩自此重霸得快活林,争了这口气,便格外敬重武松。一日,施恩正和武松在店里闲坐说话,论些拳棒枪法。只见店门前两三个军汉,牵着一匹马来店里,寻问主人道:"哪个是打虎的武都头?"施恩却认得是孟州守御兵马都监张蒙方亲随人,便向前问道:"你寻武都头做甚?"那个军汉道:"奉都监相公钧旨,闻知武都头是个好男子,特地差我们将马来请他,有钧帖在此。"施恩看了,寻思道:"这张都监是我父亲的上司官,须听他调遣。今者武松又是配来的囚徒,亦属他管下。只得教他去。"施恩便对武松道:"兄长,这几位郎中是张都监相公处差来请你。他既着人牵马来,哥哥心下如何?"武松是个刚直的人,不知委曲,便道:"他既是请我,只得走一遭,看他有甚话说?"随即换了衣裳巾帻,上了马,同众人投孟州城里来,到得张都监宅前,下了马,跟着那军汉直到厅前。那张蒙方在厅上见了武松,大喜道:"教进前来相见。"武松到厅下,拜了张都监,叉手立在侧边。张都监便对武松道:"我闻知你是个大丈夫、男子汉,英雄无敌,敢与人同死同生。我帐前正缺如此一个人,不知你肯与我做亲随体己人么?"武松跪下称谢道:"小人是个牢城营内囚徒,若蒙恩相抬举,小人当执鞭随镫,服侍恩相。"张都监大喜,便叫取果盒酒出来。张都监亲自赐了酒,叫武松吃得大醉,就厅前廊下收拾一间耳房与武松安歇。次日,又差人去施恩处,取了行李来,只在张都监家宿歇。早晚都监相公不住地唤武松进后堂,与酒与食,放他穿房入户,把他当作亲人一般看待,又叫裁缝与武松彻里彻外做秋衣。武松见了,也自欢喜,心里寻思道:"难得这个都监相公一力要抬举我。"

武松自从在张都监宅里,但是人有些公事来央浼他的,武松对都监相公说了,无有不依。外人俱送些金银、财帛、缎匹等件,武松买个柳藤箱子,把这送的东西都锁在里面,不在话下。

时光迅速,却到了八月中秋。张都监在后堂深处鸳鸯楼下安排筵宴,庆赏中秋,叫唤武松到里面饮酒。武松见夫人宅眷都在席上,吃了一杯,便待转身出来。张都监唤住武松问道:"你哪里去?"武松答道:"恩相在上,夫人宅眷在此饮宴,小人理合回避。"张都监大笑道:"差了。我敬你是个义士,特地请你来一处饮酒,如自家人一般。何故却要回避?"便教坐了。武松道:"小人是个囚徒,如何敢与恩相同坐。"张都监道:"义士,你如何见外?此间又无外人,便坐不妨。"武松三回五次谦让告辞,张都监哪里肯放,定要武松一处坐。武松只得唱个无礼喏,远远地斜着身坐下。张都监着丫嬛、养娘相劝一杯两盏。看看饮过五七杯酒,说些闲话,问了些枪法。张都监道:"大丈夫饮酒,何用小杯!叫取大银酒杯,斟酒与义士吃。"连珠箭劝了武松几盅。看看月光已经照入东窗,武松吃得半醉,却都忘了礼数,只顾痛饮。张都监叫唤一个心爱的养娘叫作玉兰,出来唱曲,又叫她把一巡酒。这玉兰应了,便拿了一副劝盘,丫嬛斟酒,先递了相公,次劝了夫人,第三便劝武松饮酒。张都监叫斟满着,武松哪里敢抬头,起身远远接过来,唱了相公、夫人两个大喏,拿起酒来一饮而尽,便还了盏。

张都监指着玉兰,对武松道:"此女颇有些聪明,不唯善知音律,亦且极能针指。如你不嫌低微,将来与你做个妻室。"武松起身再拜道:"量小人是何等人,怎敢望恩相宅眷为妻?"张都监笑道:"我既出了此言,必要与你。你休推阻,我必不负约。"当时一连又饮了十数杯酒。约莫酒涌上来,恐怕失了礼节,武松便起身拜谢了相公、夫人,出到前厅廊下房门前。武松开了门,觉道酒食在腹,未能便睡,去房里脱下衣裳,除了巾帻,拿条哨棒,来庭心里,月明下,使几回棒,打了几个轮头。仰面看天时,约莫三更时分。

　　武松进到房里,却待脱了衣裳去睡,只听得后堂里一片声叫起"有贼"来。武松听得道:"都监相公如此爱我,他后堂内里有贼,我如何不去救护?"武松献勤,提了一条哨棒径抢入后堂里来。只见那个玉兰慌慌张张走出来指道:"一个贼奔入后堂花园里去了!"武松听得这话,提着哨棒,大踏步直赶入花园里去寻时,一周遭不见。复翻身却奔出来,不提防黑影里撒出一条板凳,把武松一跤绊翻,走出七八个军汉,叫一声:"捉贼!"就地下把武松一条麻索绑了。武松急叫道:"是我!"那众军汉哪里容他分说。只见堂里灯烛辉煌,张都监坐在厅上,一片声叫道:"拿将来!"众军汉把武松一步一棍打到厅前,武松叫道:"我不是贼,是武松。"张都监看了大怒,变了面皮,喝骂道:"你这个贼配军,本是贼眉贼眼、贼心贼肝的人!我倒抬举你,不曾亏负了你半点儿。却才教你一处吃酒,同席坐。我指望要抬举与你个官,你如何却做这等的勾当?"武松大叫道:"相公,非干我事!我来捉贼，如何倒把我捉了做贼？武松是个顶天立地的好汉，不做这般的事！"张都监喝道："你这厮休赖！且把他押去他房里，搜看有无赃物！"众军汉把武松押着，径到他房里打开那柳藤箱子看时，上面都是些衣服，下面都是些银酒器皿，约有一二百两赃物。武松见了，也自目瞪口呆，只是叫屈。众军汉把箱子抬出厅前，张都监看了，大骂道："贼配军，如此无礼！赃物正在你箱子里搜出，如何赖得过！原来你这厮外貌像人，倒有这等禽心兽肝。既然赃证明白，没话说了！连夜把赃物封了，且叫送去机密房里监收，天明却和这厮说话。"武松大叫冤屈，哪里肯容他分说。众军汉扛了赃物，将武松送到机密房里收管了。

　　张都监连夜使人去对知府说了，又上下都使用了钱。次日天明，知府方才坐厅，左右缉捕、观察把武松押至当厅，赃物都扛在厅上。张都监家心腹人赍着张都监被盗的文书，呈上知府看了。那知府喝令左右把武松一索捆翻。武松却待开口分说，知府喝道："这厮原是远流配军，如何不做贼，一定是一时见财起意。既是赃证明白，休听这厮胡说，只顾与我加力打！"那牢子、狱卒拿起批头竹片，雨点似的打下来。武松情知不是话头，只得屈招，言："本月十五日，一时见本官衙内许多银酒器皿，因而起意，至夜乘势窃取入己。"与了招状。知府道："这厮正是见财起意，不必说了。且取枷来钉了监下。"牢子将过长枷，把武松枷了，押下死囚牢里监禁了。武松下到大牢里,寻思道:"张都监那厮安排这般圈套坑陷我,我若能够挣得性命出去时,却又理会!"原来那张团练替蒋门神报仇,买嘱张都监,却设出这条计策来陷害武松。施恩知道了,也无法可施。但是武松究竟没有死罪,押了两个月,知府便把武松脊杖二十,刺配恩州牢城,差两个健壮公人防送武松,限了时日要起身。那两个公人领了牒文,押解了武松,出孟州衙门便行。

　　武松忍着那口气,戴上行枷,出得城来。两个公人监在后面。约行得一里多路,只见官道旁边酒店里钻出施恩来,看着武松道:"小弟在此专等。"武松看施恩时,却包着头,络着手。武松问道:"我好几时不见你,你如何如此模样?"施恩答道:"实不相瞒哥哥,小弟在快活林中店里,蒋门神那厮又领着一伙军汉到来厮打。小弟被他痛打一顿,却被他仍复夺了店面。小弟在家将息未起,今日听得哥哥断配恩州,特有两件棉衣送与哥哥路上穿着,煮得两只熟鹅在此,请哥哥吃了两块去。"施恩便邀两个公人同入酒肆。那两个公人哪里肯进酒店里去,便发言发语道:"武松这厮,他是个贼汉!不争我们吃你的酒食,明日官府上须惹口舌。你若怕打,快走开去!"施恩见不是话头,便取十来两银子送与两个公人。那厮两个哪里肯接,恼忿忿地只要催促武松上路。施恩讨两碗酒叫武松吃了,把一个包裹拴在武松腰里,把两只熟鹅挂在武松行枷上。施恩附耳低言道:"包裹里有两件棉衣,一帕子散碎银子,路上好做盘缠,也有两双八搭麻鞋在里面。只是要路上仔细提防,这两个贼男女不怀好意!"武松点头道:"不须吩咐,我已省得了,再着两个来也不惧他。你自回去将息,且请放心,我自有措置。"施恩拜辞了武松,哭着去了。

武松和两个公人上路,行不到数里之上,两个公人悄悄商议道:"不见那两个来。"武松听了,自暗暗寻思,冷笑道:"那厮倒来撩拨我!"武松右手却吃钉住在行枷上,左手却散着。武松就枷上取下那熟鹅来,只顾自吃,也不睬那两个公人。又行了四五里路,武松再把这只熟鹅除来,右手扯着,把左手撕来只顾自吃,行不过五里路,把这两只熟鹅都吃尽了。

约算离城也有八九里路,只看前面路边先有两个人,提着朴刀,各挎口腰刀,先在那里等候,见了公人监押武松到来,便帮着做一路走。武松又见这两个公人与那两个提朴刀的挤眉弄眼,打些暗号。武松早自瞧见了八分尴尬,只安在肚里,却是只做不见。又走不过数里多路,只见前面来到一片极大的鱼浦,四面都是野港阔河。五个人行至浦边,一条阔板桥,一座牌楼,上有牌额写着"飞云浦"三字。武松见了,假意问道:"这里地名唤作什么去处?"两个公人应道:"你又不眼瞎,须见桥边牌额上写着'飞云浦'。"武松站住道:"我要净手则个。"那两个提朴刀的走近一步,却被武松叫声："下去！"一飞脚早踢中，翻筋斗踢下水去了。这一个急待转身，武松右脚早起，扑通地也踢下水里去。那两个公人慌了，望桥下便走。武松喝一声："哪里去？"把枷只一扭，折做两半个，赶下桥来。那两个先自惊倒了一个。武松奔上前去，往那一个走的后心上只一拳打翻，就水边捞起朴刀来，赶上去，搠上几朴刀，死在地下。却转身回来，把那个惊倒的也搠几刀。这两个踢下水里去的才挣得起，正待要走。武松追着，又砍倒一个，赶入一步，劈头揪住一个，喝道："你这厮实说，我便饶你性命！"那人道："小人两个是蒋门神徒弟。今被师父和张团练定计，使小人两个来相帮防送公人，一处来害好汉。"武松道："你师父蒋门神今在何处？"那人道："小人临来时，和张团练都在张都监家里后堂鸳鸯楼上吃酒，专等小人回报。"武松道："原来如此，却饶你不得。"手起刀落，也把这人杀了。武松将两个尸首都撺在浦里，又怕那两个不死，提起朴刀，每人身上搠了几刀。立在桥上看了一回，武松思量道："虽然杀了这四个贼男女，不杀得张都监、张团练、蒋门神，如何出得这口恨气！"提着朴刀，寻思了半晌，怨恨冲天，便去死尸身边解下腰刀，选好的取把来挎了，拣条好朴刀提着，再径回孟州城里来。

　　武松进得城中，早是黄昏时候，径踅到张都监后花园墙外，却是一个马院。武松就在马院边伏着，听得那后槽却在衙里，未曾出来。正看之间，只见呀的角门开，后槽提着个灯笼出来，里面便关了角门。武松却躲在黑影里，听那更鼓时，早打一更四点。那后槽上了草料，挂起灯笼，铺开被卧，脱了衣裳，上床便睡。武松却来门边挨那门响。后槽喝道："老爷方才睡，你要偷我衣裳，也早些哩。"武松把朴刀倚在门边，却掣出腰刀在手里，又呀呀地推门。那后槽哪里忍得住，便从床上赤条条跳将出来，拿了搅草棍，拔了闩，却待开门，被武松就势推开，抢入来把这后槽劈头揪住。却待要叫，灯影下见明晃晃一把刀在手里，先自惊得八分软了，口里只叫得一声："饶命！"武松道："你认得我么？"后槽听得声音，方才知是武松，便叫道："哥哥，不干我事，你饶了我罢！"武松道："你只实说，张都监如今在哪里？"后槽道："今日和张团练、蒋门神三个吃了一日酒，如今尚自在鸳鸯楼上吃哩。"武松道："这话是实么？"后槽道："小人说谎，就害疔疮。"武松道："如此却饶你不得！"手起一刀，把这后槽杀了，一脚踢开尸首。武松把刀插入鞘里，就灯影下去腰里解下施恩送来的棉衣，将出来，脱了身上旧衣裳，把那两件新衣裳穿了，拴缚得紧，把腰刀和鞘挎在腰里，却把后槽一床单被包了散碎银两，入在缠袋里，把来挂在门边。武松又将一扇门立在墙边，先去吹灭了灯火，闪将出来，拿了朴刀，从门上一步步爬上墙来。

此时正有些月光明亮。武松从墙头上一跳，跳在墙里，便先来开了角门，掇过了门扇，后翻身入来，虚掩上角门，闩都提过了。武松乃往灯明处来看时,正是厨房里。只见两个丫嬛正在汤罐边埋怨,说道:"服侍了一日,还自不肯去睡,只是要茶吃!那两个客人也不识羞耻,喝得这等醉了,也还自不肯下楼去歇息,只说个不了。"那两个女使正口里喃喃讷讷怨恨。武松却倚了朴刀,掣出腰里那口带血刀来,把门一推,呀地推开门,抢入来,先把一个女使鬓角儿揪住,一刀杀了。那一个却待要走,两只脚一似钉住了的,再要叫时,口里又似哑了的,端的是惊得呆了。休道是两个丫嬛,便是胆大的见了,也要惊得口里半舌不展。武松手起一刀,也杀了,却把这两个尸首拖放灶前,灭了厨下灯火,趁着那窗外月光,一步步挨入堂里来。

  武松原在衙里出入的人,已都认得路数,径踅到鸳鸯楼扶梯边来,蹑手蹑脚摸上楼来。此时亲随的人都服侍得厌烦,远远地躲去了。只听得那张都监、张团练、蒋门神三个说话。武松在扶梯口听,只听得蒋门神口里称赞不了,只说:"亏了相公与小人报了冤仇。再当重重地报答恩相。"这张都监道:"不是看我兄弟张团练面上,谁肯干这等事!你虽费用了些银钱,却也安排得那厮好。这早晚多是在那里下手,那厮敢是死了。只教在飞云浦结果他。待那四人明早回来,便见分晓。"张团练道:"这四个对付他一个,有什么不了。再有几个性命也没了。"蒋门神道:"小人也吩咐徒弟来。只教就那里下手,结果了快来回报。"

武松听了,心头那把无明业火高三千丈,冲破了青天。右手持刀,左手揸开五指,抢入楼中。只见三五支灯烛辉煌,一两处月光射入,楼上甚是明朗,面前酒器皆不曾收。蒋门神坐在交椅上,见是武松,吃了一惊,把这心肝五脏都提在九霄云外。说时迟,那时快,蒋门神急要挣扎时,武松早落一刀,劈脸剁着,和那交椅都砍翻了。武松便转身回过刀来,那张都监方才伸得脚动,被武松当头一刀,齐耳根连脖子砍着,扑地倒在楼板上。两个都在挣命。这张团练终是个武官出身,虽然酒醉,还有些气力,见剁翻了两个,料道走不迭,便提起一把交椅抢将来。武松早接个住,就势只一推,休说张团练酒后,便清白醒时,也近不得武松神力,扑地往后便倒了。武松赶入去一刀,先割下头来。蒋门神有力,挣得起来。武松左脚早起,翻筋斗踢一脚,按住也割了头,转身来,也把张都监割了头。见桌子上有酒有肉,武松拿起酒盅子,一饮而尽,连吃了三四盅,便去死尸上割下一片衣襟来,蘸着血,去白粉壁上写下八个字道:"杀人者,打虎武松也!"把桌子上器皿踏扁了,揣几件在怀里。武松却待下楼,只听得楼下夫人声音叫道:"楼上官人们都醉了,快着两个上去搀扶。"话犹未了,早有两个人上楼来。武松却闪在扶梯边看时,却是两个自家亲随人,便是前日拿捉武松的。武松在黑暗处让他们过去,却拦住去路。两个人进楼中,见三个尸首横在血泊里,惊得面面相觑,作声不得。正如分开八片顶阳骨,倾下半桶冰雪水。二人急待回身,武松随在背后,手起刀落,早剁翻了一个。那一个便跪下讨饶,武松道:"却饶你不得。"揪住也是一刀,杀得血溅画楼,尸横灯影。

　　武松道:"一不做,二不休。杀了一百个,也只一死。"提了刀下楼来。夫人问道:"楼上怎的大惊小怪?"武松抢到房前,夫人见条大汉入来,尚自问道:"是谁?"武松的刀早飞起,劈面门剁着,倒在房前声唤。武松按住,将去割头时,刀切不入。武松心疑,就月光下看那刀时,已自都砍缺了。武松道:"可知割不下头来。"便抽身去厨房下拿取朴刀,丢了缺刀,翻身再入楼下来。只见灯光下,前番那个唱曲儿的养娘玉兰,引着两个小的,把灯照见夫人被杀死地下,方才叫得一声:"苦也!"武松握着朴刀,向玉兰心窝里搠着。两个小的亦被武松一朴刀一个结果了。武松走出中堂,用闩拴了前门,又入来寻着两三个妇女,也都搠死了在地下。武松道:"我方才心满意足,走了罢休。"撇了刀鞘,提了朴刀,出到角门外,来马院里,除下缠袋来,把怀里踏扁的银酒器都装在里面,拴在腰里,拽开脚步,倒提朴刀便走。到城边,武松寻思道:"若等开门,须吃拿了,不如连夜越城而走。"便从城边路上城来。这孟州城是个小去处,那土城苦不甚高。就女墙边,武松往下先把朴刀虚按一按,刀尖在上,棒梢向下,托地只一跳,把棒一拄,立在壕堑边。月明之下看水时,只有一二尺深。此时正是十月天气,各处水泉皆涸。武松就壕堑边脱了鞋袜,解下腿绊护膝,抓扎起衣服,从这城濠里走过对岸。却想起施恩送来的包裹里有双八搭麻鞋,取出来穿在脚上。听城里更点时,已打四更三点,武松便放开脚步投东径自去了。

古语云:"抑强扶弱。"以蒋门神之横行不法,为张都监者,正宜有以制裁之,使之就范,乃计不出此。复受蒋门神之唆使,设计陷害武松,宜其全家丧命,受此惨劫也!不然,武松虽一武夫,而秉性正直,岂肯无故杀人如麻。故曰:鸳鸯楼之血溅尸横,仍张都监之有以自取耳。

浔阳江

国韵小小说

浔阳江

滚滚长江流到江西省九江县地方,却有浔阳江之称。唐朝诗人白乐天曾经在此作歌送客。那江上的风景,可见一斑了。不料到了宋朝,盗贼蜂起,这风清月白的浔阳江滨却变为天昏地黑的暴客巢穴。来往客商抛财伤生的,不计其数。那梁山泊首领宋江也几乎在此送命。小盗劫大盗,却不是一件大奇事么?

宋江何故要渡这浔阳江呢?原来他在本乡杀了人,犯下罪,亡命在江湖上。一次,宋江偶然回家看望他的父亲,走漏了消息,被官府捉住,脊杖二十,刺配江州。当厅戴上行枷,押了一道牒文,差两个公人张千、李万防送前去。一路来到揭阳镇上,因拿钱救了一个打拳卖药的,宋江触犯了当地土霸。镇上客店都怕土霸势力,不敢留他们住宿。那土霸又去邀集了人要打宋江。宋江无奈,只得和两个公人拽开大步,往大路走去。看看一轮红日低坠,天色昏暗,三个人心里慌乱,商量道:"没来由看使枪棒,恶了这厮。如今前不靠村后不着店,却是投哪里去宿是好?"只见远远的小路上隔林深处射出灯光来。宋江见了道:"那里灯光明处,必有人家。只好前去赔个小心,借宿一夜,明日早行。"公人看了道:"这灯光处又不在正路上。"宋江道:"没奈何!虽然不在正路上,明日多行二三里,却有什么要紧。"

三个人当时行不到二里多路,林子背后露出一座大庄院来。宋江和两个公人来到庄院前敲门,庄客听得,出来开门道:"你是何人?黄昏夜半来敲门打户。"宋江赔着小心答道:"小人是个犯罪配送江州的人。今日错过了宿头,无处安歇。欲求贵庄借宿一宵,来朝依例拜纳房金。"庄客道:"既是如此,你且在这里少待。等我进去报知庄主太公,可容即歇。"庄客进去通报了,复翻身出来道:"太公相请。"宋江和两个公人到里面草堂上参见了庄主太公。太公吩咐庄客领去门房里安歇,就与他们些晚饭吃。庄客听了,引去门首草房下,点起一只灯,教三个歇定了,取三份饮食羹汤菜蔬,教他三个吃了。庄客收了碗碟自入里面去。宋江和两个公人去房外净手,看见星光满天,又见打麦场边屋后是一条村僻小路。宋江看在眼里。三个净了手,入进房里,关上门去睡。宋江和两个公人说道:"难得这个庄主太公留俺们歇这一夜。"

正说间,只听得外面有人叫:"开庄门!"庄客连忙来开了门,放入五七个人来。为头的手里拿着朴刀,背后的都拿着刀叉棍棒。火把光下,宋江张看时,那个提朴刀的正是在揭阳镇上要打他们的那汉。宋江又听得那太公问道:"小郎,你哪里去来?和何人厮打?天晚了拖枪拽棒。"那大汉道:"阿爹,不知哥哥在家里么?"太公道:"你哥哥吃得醉了,睡在后面亭子上。"那汉道:"我自去叫他起来。我和他赶人。"太公道:"你又和谁不和?叫起哥哥来时,他却不肯干休。你且对我说这缘故。"那汉道:"阿爹你不知。今日镇上一个使枪棒卖药的汉子,那厮不先来见我弟兄两个便去镇上卖药,教使枪棒。被我都吩咐了镇上的人,分文不要与他赏钱。不知哪里走一个囚徒来,做好汉,把五两银子赏他,灭俺揭阳镇上威风。我正要打那厮,却恨那卖药的揪翻我打了一顿,又踢了我一脚,至今腰里还疼。我已教人四下里吩咐了酒店、客店,不许着这厮们吃酒安歇,先教那厮三个今夜没存身处。随后我叫了赌房里一伙人,赶将去客店里,拿得那卖药的来,尽气力打了一顿。如今把来吊在都头家里,明日送去江边,捆做一块,抛在江里,出这口气。却赶这两个公人押的囚徒不着,前面又没客店,竟不知投哪里去宿了?我如今叫起哥哥来分头赶去,捉拿这厮。"太公道:"我儿休如此短命相。他自有银子赏那卖药的,却干你甚事,你去打他做什么?可知道着他打了,也不曾伤重。快依我言便罢,休教哥哥得知。你被人打了,他哪肯干休,又要去害人性命。你依我说,且去房里睡了。半夜三更,莫去敲门打户,激恼村坊。你也积些阴德。"那汉不顾太公说,拿着朴刀,径入庄内去了。太公随后也赶入去。

宋江听罢,对公人说道:"这般不巧的事,如何是好?却又撞在他家投宿。我们只宜走了好。倘或这厮得知,必然被他害了性命。便是太公不说，庄客如何敢瞒。"两个公人都道："说得是。事不宜迟，及早快走。"宋江道："我们休从门前出去，掘开屋后一堵壁子出去罢。"两个公人挑了包裹，宋江自提了行枷，便从房里挖开屋后一堵壁子。三个人便乘星光之下，往林木深处小路上只顾走。正是慌不择路，走了一个更次，望见前面满目芦花，一派大江，滔滔滚滚。正来到浔阳江边，只听得背后喊叫，火把乱明，吹风唿哨赶将来。宋江只叫得苦道："上苍救一救苦命。"三人躲在芦苇丛中，望后面时，那火把渐近。三人心里越慌，脚高步低，在芦苇里撞。前面一看，不到天尽头，早到地尽处，一带大江拦截，侧边又是一条阔港。宋江仰天叹道："早知如此的苦，只在梁山泊也罢。谁想直断送在这里。"宋江正在危急之际，只见芦苇丛中，悄悄地忽然摇出一只船来。宋江见了，便叫："艄公，且把船来救我们三个，俺与你几两银子。"那艄公在船上问道："你三个是什么人，却走到这里来？"宋江道："背后有强人打劫我们，因此乱撞到这里。你快把船来渡我们，我多与你些银两。"那艄公早把船放得拢来。三个连忙跳上船去，一个公人便把包裹丢下舱里，一个公人便将水火棍拣开了船。那艄公一头搭上橹，一面听着包裹落舱有些好响声，心中暗喜，把橹一摇，那只小船早荡在江心里去了。

　　岸上那伙赶来的人，早赶到滩头，有十数个火把。为头两个大汉各挺着一条朴刀，随从有二十余人，各执枪棒，口里叫道:"你那艄公,快摇船拢来!"宋江和两个公人做一块儿伏在船舱里,说道:"艄公,却是不要拢船!我们自多谢你些银子。"那艄公点头,只不应岸上的人,把船往上水咿咿呀呀地摇将去。那岸上这伙人大喝道:"你那艄公不摇拢船来,教你都死。"那艄公冷笑几声也不应。岸上那伙人又叫道:"你是哪个艄公? 如此大胆,不摇拢来。"那艄公冷笑应道:"老爷叫作张艄公。"岸上火把丛中那个长汉说道:"原来是张大哥! 你见我弟兄两个么?"那艄公应道:"我又不瞎,做什么不见你!"那长汉道:"你既见我时,且摇拢来和你说话。"那艄公道:"有话明朝来说,乘船的要去得紧。"那长汉道:"我弟兄两个正要捉这乘船的三个人。"那艄公道:"乘船的三个都是我家亲眷、衣食父母,请他归去吃碗板刀面了来。"那长汉道:"你且摇拢来,和你商量。"那艄公道:"我的衣饭,倒摇拢来把与你,倒乐意?"那长汉道:"张大哥,不是这般说。我弟兄只要捉这囚徒,你且拢来。"那艄公一面摇橹,一面说道:"我自好几日接得这个主顾,倒被你接了去,却是不摇拢来。你两个只得休怪,改日相见。"宋江呆了,不省得话里藏机,在船舱里悄悄和两个公人说:"也难得这个艄公救了我们三个性命。"又说:"不要忘了他恩德,却不是幸得这只船来渡了我们。"且说那艄公摇开船去,离得江岸远了。三个人在舱里望岸上时,火把尚自在芦苇中明亮。宋江道:"惭愧! 正是好人相逢,恶人远离。且得脱了这场灾难!"只见那艄公摇着橹,口里唱起歌来,唱道:"老爷生长在江边,不爱交游只爱钱。昨夜华光来趁我,临行夺下一金砖。"宋江和两个公人听了这首歌,都酥软了。宋江又想道:"他是唱耍。"

三个正在舱里议论未了,只见那艄公放下橹,说道:"你这两个公人,平日最会诈害做私商的人,今日却撞在老爷手里!你三个是要吃板刀面?还是要吃馄饨?"宋江道:"船长休要取笑,如何唤作板刀面?如何是馄饨?"那艄公睁着眼道:"老爷和你耍甚!若还要吃板刀面时,俺有一把泼风也似快刀,在这舱板底下,我不消三刀五刀,我只一刀一个都剁你三个人下水去。你若要吃馄饨时,你三个快脱了衣裳,都赤条条地跳下江里自死!"宋江听罢,扯定两个公人说道:"却是苦也!正是福无双至,祸不单行。"那艄公喝道:"你三个好好商量,快回我话!"宋江答道:"艄公不知,我们也是没奈何犯下了罪,刺配江州的人。你可怜见,饶了我三个。"那艄公喝道:"你说什么闲话,饶你三个?我半个也不饶你!老爷唤作有名的狗脸张爷爷,来也认不得爷,去也不认得娘!你便都闭了嘴,快下水里去!"宋江又求告道:"我们都把包裹内金银财帛衣服等物尽数与你,只饶了我三人性命!"那艄公便去舱板底下,摸出那把明晃晃板刀来,大喝道:"你三个要怎样?"宋江仰天叹道:"为因我不敬天地,不孝父母,犯下罪,连累了你两个!"那两个公人也扯着宋江道:"罢罢！我们三个一处死休！"那艄公又喝道:"你三个好好快脱了衣裳,跳下江去！跳便跳,不跳时,老爷便剁下水里去！"

宋江和那两个公人抱做一块,望着江里,只见江面上咿咿呀呀橹声响。艄公回头看时,一只快船飞也似从上水头急溜下来。船上有三个人,一条大汉手里横着托叉,立在船头上,梢头两个后生,摇着两把快橹,星光之下,早到面前。那船头上横叉的大汉便喝道:"前面是什么艄公,敢在当港行事？船里货物,见者有份！"这船艄公回头看了,慌忙应道:"原来却是李大哥,我只道是谁来！大哥又去做买卖？只是不曾带挈兄弟。"大汉道:"张家兄弟,你在这里又弄这一手,船里什么行货？有些油水么？"艄公答道:"教你得知好笑。我这几日没道路,又赌输了,没一文。正在沙滩上闷坐,岸上一伙人赶着三个行货来我船里,却是两个公人解一个黑矮囚徒,正不知是哪里人？他说道:'刺配江州来的。'赶来的岸上一伙人,却是镇上穆家哥儿两个,定要讨他。我见有些油水吃,我不还他。"船上那大汉道:"咄！莫不是我哥哥宋公明？"宋江听得声音甚熟,便舱里叫道:"船上好汉是谁？救宋江性命。"那大汉失惊道:"真个是我哥哥！早不出来！"宋江钻出船上来看时,星光明亮,那船头上立的大汉正是混江龙李俊,背后船艄上两个摇橹的,一个是出洞蛟童威,一个是翻江蜃童猛,都是宋江江湖上的好友。这李俊听得是宋公明,便跳过船来,口里叫道:"哥哥惊恐! 若是小弟来得迟了些,误了仁兄性命! 今日天使李俊在家坐立不安,棹船出来江里赶些私盐,不想遇着哥哥在此受难!"那艄公呆了半晌,作声不得,方才问道:"李大哥,这黑汉便是山东及时雨宋公明么?"李俊道:"可不是哩!"那艄公便拜道:"你何不早通个大名,省得着我做出歹事来,险些儿伤了仁兄。"宋江问李俊道:"这个好汉是谁? 请问高姓?"李俊道:"哥哥不知,这个好汉却是小弟结义的兄弟,姓张,是小孤山下人氏,单名横字,绰号船火儿。专在此浔阳江做这件稳善的道路。"宋江和两个公人都笑起来。当时两只船并着摇奔滩边来,缆了船,舱里扶宋江并两个公人上岸。

　　张横敲开火石,点起灯来,照着宋江,扑翻身在沙滩上便拜道:"望哥哥恕兄弟罪过!"张横拜罢,问道:"哥哥为何事配来此间?"宋江把犯罪的事说了。张横听了说道:"好教哥哥得知,小弟一母所生的亲弟兄两个,长的便是小弟。我有个兄弟却又了不得,浑身雪练也似一身白肉,没得四五十里水面,水底下伏得七日七夜,水里行时,一似一根白条,更兼一身好武艺,因此人送他一个诨名,唤作浪里白条张顺。当初我弟兄两个只在扬子江边做一件依本分的道路。"宋江道:"愿闻其详。"张横道:"我弟兄两个,但赌输了时,我便先驾一只船在江边静处做私渡。有那一等客人,贪省钱的,又要快,便来下我船。等船里都坐满人,却教兄弟张顺也扮作单身客人,背着一个大包来乘船。我把船摇到半江里,歇了橹,抛了锚,插一把板刀,却讨船钱。本合五百足钱一个人,我便定要他三贯。却先问兄弟讨起,教他假意不肯。我便用他来起手,一手揪住他头,一手提定腰胯,扑通地撺下江里。排头儿定要三贯。一个个都惊得呆了,拿出来不迭。都敛得足了,却送他到僻静处上岸。我那兄弟自从水底下走过对岸,等没了人,却与兄弟分钱去赌。那时我两个只靠这道路过日。"宋江道:"可知江边都有主顾来寻你私渡。"李俊等都笑起来。张横又道:"如今我弟兄两个都改了业,我便只在这浔阳江里做些私商,兄弟张顺他却如今自在江州做卖鱼牙子。"

宋江等一路说着,走不过半里路,看见火把还在岸上明亮。张横说道:"他弟兄两个还未归去。"李俊道:"你说谁弟兄两个?"张横道:"便是镇上那穆家哥儿两个。"李俊道:"一发叫他两个来拜了哥哥。"宋江连忙说道:"使不得!他两个赶着要捉我。"李俊道:"仁兄放心,他弟兄不知是哥哥,他亦是我们一路人。"李俊用手一招,唿哨了一声,只见火把人伴都飞奔过来。看见李俊、张横都恭奉着宋江做一处说话,那弟兄二人大惊道:"二位大哥如何与这三人相熟。"李俊大笑道:"你道他是谁?"那二人道:"便是不认得。只见他在镇上出银两赏那使枪棒的,灭俺镇上威风,正待要捉他。"李俊道:"他便是我日常和你们说的,山东及时雨宋公明哥哥。

你两个还不快拜!"那弟兄两个撇了朴刀,扑翻身便拜道:"闻名久矣!不期今日方得相会。却才甚是冒渎,犯了哥哥,望乞怜悯恕罪。"宋江扶起二位道:"壮士,愿求大名。"李俊便道:"这弟兄两个富户,是此间人,姓穆名弘,绰号没遮拦;兄弟穆春,唤作小遮拦。二人是揭阳镇上一霸。我这里有三霸,哥哥不知,一发说与哥哥知道。揭阳岭上岭下便是小弟和李立一霸;揭阳镇上是他弟兄两个一霸;浔阳江边做私商的,却是张横、张顺两个一霸。以此谓之三霸。"宋江道:"原来都是自家弟兄。今日之会,可谓不期而遇了。"穆弘兄弟邀宋江等回至庄里,教人放了那卖药的,安排筵席款待。一连聚了三日,宋江怕违了限次,坚意要行,才各各洒泪而别。这不是浔阳江上小盗劫大盗的一件奇事么?

祝家庄

国韵小小说

祝家庄

话说山东济州管下，有一水泊，唤作梁山泊，相传是宋时好汉宋江等山寨。这梁山泊附近有个独龙冈，冈前有三座山冈，列着三个村坊：中间是祝家庄，西边是扈家庄，东边是李家庄。这三处庄上总算来有一二万军马人家。唯有祝家庄最豪杰，为头家长唤作祝朝奉，有三个儿子，名为祝氏三杰：长子祝龙，次子祝虎，三子祝彪。又一个教师唤作铁棒栾廷玉，有万夫不当之勇。庄上自有一二千了得的庄客。这三村结下生死誓愿，同心共意，但有吉凶，互相救应。唯恐梁山泊好汉过来借粮，因此三村准备下抵敌。

一日，梁山泊中一个唤作鼓上蚤时迁，路遇祝家庄，在市上店里偷鸡吃，被庄丁捉住，押在庄里不放。梁山泊众人得知，便大开筵席，商量去救时迁。当下推宋江为首，率领诸头领及小喽啰下山打祝家庄，商量已定，除首领晁盖镇守山寨不动外，留下吴用、刘唐并阮家三弟兄、吕方、郭盛护持大寨。将下山头领分作两起：头一拨，宋江、花荣、李俊、穆弘、李逵、杨雄、石秀、黄信、欧鹏、杨林带领三千小喽啰，三百马军，下山前进。第二拨：便是林冲、秦明、戴宗、张横、张顺、马麟、邓飞、王矮虎、白胜也带领三千小喽啰，三百马军，随后接应。晁盖送下山后，自回山寨。

且说宋江并众头领径奔祝家庄来，于路无话。

早来到独龙冈前尚有一里多路，前军下了寨栅。宋江在中军帐里坐下，和众头领商议道："我听得祝家庄里路径甚杂，未可进去。且先使两个人去探听路途曲折，知得顺逆路程，却才进去与他对敌。"便唤石秀来说道："兄弟曾到过彼处，可和杨林走一遭。"石秀道："如今许多人马到这里，他庄上如何不防备？我们扮作什么人入去好？"杨林便道："我自打扮了解魇的法师，去身边藏了短刀，手里擎着法环，于路摇将入去。你只听我法环响，不要离了我前后。"石秀道："我在蓟州，原曾卖柴，我只是挑一担柴进去卖便了。有些缓急，扁担也用得着。"杨林道："好，好！我和你计较了，今夜打点，五更起来便行。"

到得明日。石秀挑着柴担先入去，行不到二十来里，只见路径曲折，四下里弯环相似，树木丛密，难认路头。石秀便歇下柴担不走，听得背后法环响得渐近。石秀看时，却见杨林头戴一个破笠子，身穿一领旧法衣，手里擎着法环，于路摇将进来。石秀见没人，叫住杨林说道："此处路径弯杂。不知哪里是我前次来过的路。正看不仔细。"杨林道："不要管它路径曲直，只顾拣大路走便了。"石秀又挑了柴，只顾往大路便走。见前面一村人家，数处酒店、肉店，石秀挑着柴，便往酒店门前歇了。只见各店内都把刀枪插在门前，每人身上穿一领黄背心，写个大"祝"字，往来的人亦各如此。石秀见了，便看着一个年老的人，唱个喏道："丈人，请问此间是何风俗？为甚都把刀枪插在当门。"那老人道："你是哪里来的客人？原来不知，只可快走。"石秀道："小人是山东贩枣子的客人，亏折了本钱，回乡不得，因此担柴到这里卖，不知此间乡俗地理。"老人道："客人，你真个不知？我说与你听。俺这里唤作祝家村。如今恶了梁山泊好汉，现今引领军马在村口，却怕我这村里路杂，未敢入来。如今祝家庄上行号令下来，每户人家要精壮后生准备着，但有令传来，便要去策应。"石秀道："丈人，村中总有多少人家？"老人道："只我这祝家村，也有一二万人家。东西还有两村人接应：东村唤作扑天雕李应，李大官人；西村唤扈太公庄，有个女儿，唤作扈三娘，绰号一丈青，十分了得。"石秀道："似此，如何却怕梁山泊！"那老人道："便是我们初来时，不知路的，也要被捉了。"石秀道："丈人，如何初来要被捉了？"老人道："我这村里的路，有旧人说道：'好个祝家庄！尽是盘陀路。容易入得来，只是出不去。'"石秀听罢，便哭起来，扑翻身便拜，向那老人道："小人是个江湖上折了本钱归乡不得的人，倘或卖了柴出去，撞见厮杀，走不脱，却不是苦！爷爷可怜，救救小人。小人情愿把这担柴相送爷爷，只指与小人出去的路罢。"那老人道："我如何白要你的柴？我就买你的，你且入来，请你吃些酒饭。"石秀便谢了，挑着柴，跟那老人入到屋里。

那老人筛下两碗白酒，盛一碗糕糜，叫石秀吃了。石秀再拜谢道:"爷爷指教出去的路径。"那老人道:"你便从村里走去,只看有白杨树便可转弯。不问路道阔狭,但有白杨树的转弯,便是活路。没那树时,都是死路。如有别的树木转弯,也不是活路。若还走差了,左来右去,只走不出去。更兼死路里,地下埋藏着竹签、铁蒺藜,若是走差了,踏着飞签,准定吃捉了,待走哪里去?"石秀拜谢了,便问:"爷爷高姓?"那老人道:"这村里姓祝的最多,唯有我复姓钟离,土居在此。"石秀道:"酒饭小人都吃够了,改日当厚报。"

正说之间,只听得外面吵闹,石秀听得道"拿了一个细作"。石秀吃了一惊,跟那老人出来看时,只见七八十个军人背绑着一个人过来。石秀看时,却是杨林,剥得赤条条的,索子绑着。石秀看了,只暗暗叫苦,悄悄假问老人道:"这个拿了的是什么人?为甚事绑了他?"那老人道:"你不见说他是宋江那里来的细作。"石秀又问道:"如何被他拿了?"那老人道:"这厮也好大胆!独自一个来做细作,打扮作个解魔法师,闪入村里来。却又不认得路,只拣大路走了,左来右去,只走了死路。人见他走得差了,来路蹊跷,报与庄上官人们来捉他,因此被拿了。有人认得他,叫作锦豹子杨林。"说言未了,只听得前面喝道,说是庄上三官人巡查过来。石秀在壁缝里张时,看得前面摆着二十对缨枪,后面四五个人骑着马,都弯弓插箭。又有三五对青白哨马,中间拥着一个年少壮士,坐在一匹雪白马上,全副披挂,挎了弓箭,手执一条银枪。石秀自认得他,特问老人道:"过去相公是谁?"那老人道:"这个人正是祝朝奉第三子,唤作祝彪。弟兄三个,只有他第一了得。"石秀拜谢道:"老爷爷,指点寻路出去。"那老人道:"今日晚了,前面倘或厮杀,枉送了你性命。且在我家歇一夜,明日打听得没事,便可出去。"石秀拜谢了,住在他家。只听得门前四五次报马报将来,排门吩咐道:"你那百姓,今夜只看红灯为号,齐心并力捉拿梁山泊贼人,解官请赏。"一路叫过去了,石秀心中自忖了一回,讨个火把,自去屋后草窝里睡觉。

却说宋江军马在村口屯驻,不见杨林、石秀出来回报,随后又使欧鹏去到村口,出来回报道:"听得那里讲动,说道捉了一个细作。小弟见路径曲折难认,不敢深入重地。"宋江听罢,忿怒道:"如何等得回报了进兵!又吃拿了一个细作,必然陷了两个兄弟。我们今夜只顾进兵杀将入去,也要救他两个兄弟。未知众头领意下如何?"只见李逵便道:"我先杀入去,看是如何?"宋江听得,随即传令,教李逵、杨雄前一队做先锋,使李俊等引军做后应,穆弘居左,黄信居右,宋江、花荣、欧鹏等中军头领,摇旗呐喊,大刀阔斧,杀奔祝家庄来。

比及杀到独龙冈上,是黄昏时候,宋江催趱前军打庄。先锋李逵脱得赤条条的,挥两把夹钢板斧,火剌剌地杀向前来。到得庄前看时,已把吊桥高高拽起,庄门里不见一点火,李逵便要下水过去。杨雄扯住道:"使不得!关闭庄门,必有计策。待哥哥来,另有商议。"李逵哪里忍得住,拍着双斧,隔岸大骂。宋江中军人马到来,杨雄接着,报说:"庄上并不见人马,亦无动静。"宋江勒马看时,庄上不见刀枪军马,心中疑惑,教三军且退。话犹未了,只听得祝家庄里一个号炮,直飞起半天里去。那独龙冈上,千百把火把一齐点着,门楼上弩箭如雨点般射将来。宋江急取旧路回军,只见后军头领李俊人马先发起喊来,说道:"来的旧路都阻塞了,必有埋伏。"宋江教军马四下里寻路。李逵挥起双斧,往来寻人厮杀,不见一个敌军。只见独龙冈上,山顶又放一个炮来,响声未绝,四下里喊声震地。惊得宋江目睁口呆,罔知所措。

当下宋江在马上看时,四下里都有埋伏军马,且教小喽啰只往大路杀将去,只听得三军屯塞住了,众人都叫起苦来。宋江问道:"怎么叫苦?"众军都道:"前面都是盘陀路,走了一遭,又转到这里。"宋江道:"教军马往火把亮处有房屋人家取路出去。"走不多时,只见前军又发起喊来,叫道:"甫能往火把亮处取路,又有苦竹签、铁蒺藜遍地撒满,鹿角堵塞了路口。"宋江道:"莫非天丧我也!"正在慌急之际,只听得左军中间穆弘队里闹动,报来说道:"石秀来了!"宋江看时,见石秀拈着口刀,奔到马前道:"哥哥休慌!兄弟已知路了。暗传下将令,教三军只看有白杨树便转弯走去,不要管它路阔路狭。"宋江催趱人马,只看有白杨树便转。不多时,前面报道:"山寨中第二拨军马到了接应,杀散伏兵。"奔出村口,会合着林冲、秦明等众人军马,同在村口驻扎。却好天明,去高阜处下了寨栅,整点人马,数内却不见了镇三山黄信。宋江烦闷。次日又集众商议道:"两个兄弟陷了,不知性命存亡。你众兄弟可竭力向前,跟我再去攻打祝家庄。"众人都起身,说道:"哥哥将令,谁敢不听,不知教谁前去?"黑旋风李逵说道:"我便前去!"宋江道:"你做先锋不利。今番用你不着。"李逵低了头忍气。宋江便点马麟、邓飞、欧鹏、王矮虎四个:"跟我亲自做先锋去。"第二点戴宗、秦明、杨雄、石秀、李俊、张横、张顺、白胜。第三点林冲、花荣、穆弘、李逵分作两路策应众军。派拨已定,都饱食了,披挂上马。

　　宋江亲自攻打头阵,前面打着一面大红"帅"字旗,引着四个头领,一百五十骑马军,一千步军,杀奔祝家庄来。直到独龙冈前,宋江勒马看那祝家庄上,扬起两面白旗,旗上明明绣着十四个字道"填平水泊擒晁盖,踏破梁山捉宋江"。当下宋江心中大怒,设誓道:"我若打不得祝家庄,永不回梁山泊。"众头领看了,一齐都怒起来。宋江听得后面人马都到了,留下第二拨头领攻打前门。宋江自引了前部人马,转过独龙冈后面来看祝家庄时,都是铜墙铁壁,把得严整。正看之时,只见直西一彪军马,呐着喊,从后杀来。正是扈家庄女将一丈青扈三娘,一骑青骢马,两口日月刀,引着三五百庄客前来祝家庄救应。那李家庄如何不来相救呢?原来数日前因细故相争,已彼此绝交,故只剩得扈家庄兵马前来。

闲言少叙。且说扈三娘出马阵前。王矮虎看见是一员女将,便拍马向前接战,不数合,便将王矮虎活捉了去。宋江军大乱。庄内看见,便放下吊桥,开了庄门。祝龙亲自引了三百余人,骤马挺枪来捉宋江。众人敌住一丈青,脱身不得,正慌急间,只见一彪军从斜刺里杀将来。宋江看时大喜,却是霹雳火秦明听得庄后厮杀,前来救应。庄门里面,那教师栾廷玉上马挺枪,杀将出来。秦明敌住,不数合,栾廷玉落荒而走。秦明赶去,却被绊马索绊倒,活捉去了。邓飞拍马来救,也被绊倒捉去。宋江大败,逃出村口,已将天晚,检点残军,又陷了几个弟兄。正在无计可施,却好山寨里军师吴用到来,只见宋江面带愁容。吴用置酒与宋江解闷道:"登州有个兵马提辖,唤作病尉迟孙立,和这祝家庄教师栾廷玉是师弟兄,新近犯下大罪,逃来投托大寨入伙。又有孙新、乐和、顾大嫂、解珍、解宝、邹渊、邹闰等七人同来投顺。今孙立献计,要到祝家庄里应外合,以为进身之报。"宋江听罢大喜,把愁闷都抛向九霄云外,忙教安排筵席款待孙立。当下约定时期,计较妥当,各各安寝。

次日,孙立便叫乐和扮作公吏,邹闰、邹闰、解珍、解宝等扮作送来的军官,乐大娘子、顾大嫂扮作家眷,径来祝家庄投拜栾廷玉。那祝朝奉并三子虽是聪明,却见他带有老小,并许多行李车仗人马,又是栾廷玉老师的弟兄,哪里有疑心。只顾杀牛宰马,做筵席款待众人。过了一两日,到第三日,庄兵报道:"宋江又调军马杀奔庄上来了。"祝彪出马,两军混战一阵,不分胜负,各自收兵回来。孙立道:"来日看小弟不才,拿他几个。"众人皆喜。到第四日午牌,庄兵又报宋江军到。祝龙、祝虎、祝彪都披挂了,出到庄门外。一声锣响,孙立出马到阵前。宋江阵上鸾铃响处,一骑马跑将出来,众人看时,乃是拼命三郎石秀来战孙立。两马相交,双枪并举。两个斗到五十合,孙立卖个破绽,让石秀一枪搠入来,虚闪一个过,把石秀轻轻地从马上捉过来,直挟到庄前,撇下喝道:"把来缚了。"祝家三子把宋江军马一搅都赶散了。三子收军,回到门楼下,见了孙立,众皆拱手钦伏。孙立便问道:"共是捉得几个贼人?"祝朝奉道:"起初先捉得一个时迁,次后拿得一个细作杨林,又捉得一个黄信,扈家庄一丈青捉得一个王矮虎,阵上捉得两个,秦明、邓飞,今番又捉得这个石秀。共是七个了。"孙立道:"一个也不要坏他。他日拿了宋江,一并解上东京去,教天下传名,说这个祝家庄三杰。"祝朝奉道谢,邀孙立到后堂筵宴。孙立又暗暗使邹渊、邹闰、乐和去后房里把门户都看了出入的路数,并去探看捉来的七个人。杨林、邓飞等见了邹渊、邹闰,心中暗喜。乐和张看得没人，便透个消息与众人知了。顾大嫂与乐大娘子在里面又看了房户出入的门径。至第五日，孙立等众人都在庄上闲行。当日辰牌时候，早饭以后，只见庄兵报道："今日宋江分兵做四路来打本庄。"孙立道："分十路也不怕！你手下人且不要慌，早作准备。先安排些挠钩套索，须要活捉，拿死的也不算。"庄上人都披挂了。祝朝奉亲自率引着一班人上门楼来看时，见四面都是兵马，战鼓齐鸣，喊声大举。栾廷玉听了道："今日这厮杀，不可轻敌。我引了一队人马出后门，杀这正西北上的人马。"祝龙道："我出前门，杀这正东上的人马。"祝虎道："我也出后门，杀那西南上的人马。"祝彪道："我自出前门，捉宋江，是要紧的贼首。"祝朝奉大喜，都赏了酒。各人上马，尽带了三百余骑，奔出庄门。其余的都守庄院，门楼前呐喊。此时邹渊、邹闰已藏了大斧，只守在监门左侧。解珍、解宝藏了暗器，不离后门。孙新、乐和已守定前门左右。顾大嫂先拨军兵保护乐大娘子，却自拿了双刀在堂前趓，只听风声，便乃下手。

且说祝家庄上，擂了三通战鼓，放了一个炮，把前后门都开，放下吊桥，一齐杀将出来。四路军兵出了门，四下里分头去厮杀。临后孙立带了十数个军兵立在吊桥上。门里孙新便把原带来的旗号插起在门楼上。乐和便提着枪直唱将出来。邹渊、邹闰听得乐和唱，便唿哨了几声，抡动大斧，早把守监门的庄兵砍翻了数十个，便开了陷车，放出七只大虫来,各各架上拔了枪。一声喊起,顾大嫂掣出两把刀,直奔入房里,把应有妇人一刀一个,尽都杀了。祝朝奉见势头不好,却待要投井时,早被石秀一刀剁翻,割了首级。那十数个好汉分头来杀庄兵。后门头解珍、解宝便去马草堆里放起把火,黑焰冲天而起。四路人马见庄上火起,并力向前。祝虎见庄内火起,先奔回来。孙立守在吊桥上,大喝一声:"你这厮哪里去?"拦住吊桥。祝虎省得,便拨转马头,再奔宋江阵上来。这里吕方、郭盛两戟齐举,早把祝虎连人和马搠翻在地。众军乱上,剁做肉泥。前军四散奔走。孙立迎接宋公明入庄。东路祝龙斗林冲不住,飞马往庄后而来。到得吊桥边,见后门头解珍、解宝把庄客的尸首一个个揎将下来。火焰里,祝龙急回马望北而走,猛然撞着黑旋风,踊身便到,抡动双斧,早砍翻马脚。祝龙措手不及,倒撞下来,被李逵只一斧,把头劈翻在地。祝彪见庄兵走来报知,不敢回,望扈家庄投奔,不提防被扈家庄庄客缚了,要解去献与宋江。原来当时扈三娘打了胜仗,一心要捉宋江,奋力赶来,误入重地,被林冲生擒了。当下宋江遣人与扈家庄约下,须捉得祝家庄要人来相换,因此祝彪被捉。却好路上又撞着李逵,只一斧,把祝彪头砍将下来,庄客都四散了。祝家三杰尽亡,栾廷玉不知下落。再说宋江已在祝家庄正厅坐下,众头领都来献功,生擒得四五百人,夺得好马五百余匹,活捉牛羊不计其数。宋江见了大喜。军师吴用引着一行人马都到庄上,与宋江把盏贺喜,一面把祝家庄多余粮米尽数装载上车,金银财帛犒赏三军众将,其余牛羊骡马等物,将去山寨中支用,便收拾起身,拔队回山。可怜一个赫赫祝家庄被蹂躏得烟消云散。传说后来祝氏后代出了一个英雄,唤作祝永清,才复得这大仇。

望蒙山斗箭

国韵小小说

望蒙山斗箭

话说宋朝梁山泊头领宋江手下,有一个善射猛将,唤作小李广花荣。他的箭百步穿杨,神妙不测,后来,却在望蒙山下,与一个女子斗箭,竟射输了,死于非命。实是一件奇事。

那女子是谁?说来话长。当初梁山泊附近,有一个祝家庄,形势险要,人马强壮。庄主祝朝奉与三个儿子祝龙、祝虎、祝彪都英雄非常,却误坠宋江诸人计谋,身首异处。祝朝奉有个异母幼弟,唤作祝永清,那时幸在东京,未遭毒手。永清渐渐长大,智勇兼全,常咬牙切齿,要报这破家大仇。这射死花荣的女子正是祝永清之妻,姓陈,名唤丽卿,自小丧母,父亲陈希真是个得道之士,又精通兵法,因此丽卿学得诸般武艺无不奇妙。陈希真本在东京做南营提辖,因恶了太尉高俅,恐被陷害,只得和女儿、女婿同在猿臂寨落草,却暗暗扶助朝廷,专与宋江为难。

闲言少叙。且说一次宋江率领花荣、欧鹏等与陈希真对敌,两军混战一场,宋江大败,逃到望蒙山下。陈希真便占了望蒙山,就在山上安营立寨。原来望蒙山在山东新泰城东南,离城四里,山高五里,实为新泰保障。宋江收集败残人马,要想入城暂息,猛想此城已失保障,如何守得,便对花荣道:"我今番要与陈希真拼命了。"当夜各自安寝无事。

次日黎明，宋江部署人马，领了花荣、欧鹏、王良、火万城四人直到山下讨战。这边希真守寨，祝永清、陈丽卿、栾廷玉、祝万年四将领兵下山。两阵对圆，鼓角齐鸣。一声呐喊，祝永清倒提方天画戟，拍马先出，高叫对阵谁人出马。花荣挺枪而出。两人更不叙话，举器便斗。战场上一戟一枪，来来往往，斗到四十余合。丽卿挺着梨花枪出来，直取花荣，替回永清。丽卿与花荣两马盘旋，两枪卷舞，奋战多时。欧鹏见花荣不能取胜，便拍马挺枪来助花荣。丽卿不慌不忙，一条枪敌住两人。这边栾廷玉见了，也提枪跃马去助丽卿。战场上四条枪，神出鬼没，蛟飞龙舞，化作一团杀气。两阵上的人暗暗喝彩。那边王良旁观多时，更耐不得，便托戟在手，骤马奔来，替回花荣。宋江见了，便叫火万城也去替回欧鹏。火万城挺戟便出，两戟两枪，飞花滚雪似的往来厮杀。丽卿统计前后已经战二百余合，深恐马乏，便抽身回阵。栾廷玉一条枪，敌住火、王两戟，转战不衰。两阵战鼓震天，喊声动地。宋江见栾廷玉枪法神明变化，火、王两个敌他一个，尚自遮拦多，攻取少。正想再着人去帮，只见对阵祝万年已横戟跃马而来。栾廷玉见火、王二人本领不甚高强，便抽身而出，让万年且去厮杀几合再看。万年摆开画戟，忽左忽右，迎敌火、王二人。火、王二人各奋一戟，东旋西转，攒刺万年。战到二十余合，那三支画戟上的金钱豹尾幡，忽然搅作一处。各人都要家伙使用，急切挣拆不开。对阵小李广花荣却看得亲切,连忙将枪挂了,拈弓搭箭,拍马向前,拽满雕弓,觑定万年咽喉,飕的一箭射去。

这也是祝万年命不该绝,早被阵上陈丽卿,眼明手快,瞥然看见,即忙撤枪在地,抽弓搭箭,大叫:"对阵休使暗计!"语未绝,花荣一箭已到万年咽喉。说时迟,那时快,花荣箭到,丽卿一箭也到,两箭相遇,箭镞和箭镞射个正着,将那花荣的箭射开数丈。两支箭都滴溜溜地斜插在草地上。这边阵上一声喝彩,吓得那边阵上个个目瞪口呆,连花荣也惊得倒退数步。丽卿长笑一声,又是一箭,电光到处,那三支戟上豹尾幡豁然分开。王良、火万城吓得汗如雨下,不敢恋战,飞马跑回本阵去了。祝万年精神振奋,挺戟追去。花荣插弓提枪,连忙迎住。祝永清飞马杀出,那边欧鹏也慌忙出马。丽卿将弓插了,拾了那支枪,正待杀出。只见万年、永清和花荣、欧鹏战得不分胜负,各自勒马回阵。两阵一齐收兵。

先说宋江回营,烦闷异常,满拟此番大胜陈希真军一阵,便好夺望蒙山。不料希真将佐如此厉害,难以取胜,不觉忧从中来,长吁短叹。众头领各无言语。花荣见宋江如此,便起身对宋江道:"哥哥休要心焦!陈丽卿箭法却高,小弟实气她不过。何不竟去下个战书?订她明日专来斗箭,先除了这人。阵上之事就容易了。"当夜修起一封战书,便差人往希真营里投递。

且说当日祝永清收兵回来,希真在山上迎接入营,安放人马。少顷设酒叙宴,谈论本日阵上之事。万年深谢丽卿救命之恩,丽卿道:"花荣那厮真是好箭!名不虚传。将来阵上好生不便。"说未毕,忽报敌军有战书呈上。希真拆开看时,只见上写着:"山东义士宋江致书于陈总管阁下:窃以两将相争,各为其主,人各有技,将各有能。贵营中陈丽卿决拾专能,仆姑擅妙,每挟穿杨之术,常图暗箭之施,但正士不当阴谋,君子何妨争射?与其潜身以取事,不如明奏以图功。敝寨有花荣者,艺亦成名,学能志彀。兹届两军相见,何妨一矢加遗,各尽其才,各施其技,专诚斗箭,共睹张弓。余器不列于阵前,他将不容于助战。纵有死伤而勿论,必分胜负以收兵。肃溯奉陈,立请时日。"希真看罢,回顾丽卿道:"花荣要与你斗箭,你意如何?"丽卿听了这句话,正似天上落下一个宝贝来,直喜得五脏开张,对希真连称道:"有何不可,有何不可?爹爹就批今夜何如?"希真笑道:"无此理也!你既愿去,就批明日。"当时将战书批了,交来差带去。

次日黎明,宋江率领人马,黄信、鲁达等头领均着保守新泰。这里先调齐马枪兵、长枪兵、短刀兵,列为三层,派欧鹏、王良、火万城管领,都藏在阵后。只等花荣射杀了丽卿,便乘胜冲杀过去。调弓箭兵做了头阵,花荣领兵,宋江压阵先行。当时三声号炮,鼓角齐鸣,拔寨齐起,杀到望蒙山下。早有营门小校,报入希真中营道:"贼兵来也!"希真便令弓弩兵拥护了丽卿,这里安排枪、炮、剑、戟、刀、牌各队埋伏阵后,等待丽卿得胜,即便冲杀。祝永清、祝万年、栾廷玉、栾廷芳、召忻、高粱随着希真齐出。只留史谷恭率领唐猛、娄熊、花貂、金庄看守山上大营。当时号炮三声,军马一齐下山,就山下一片空地上,扎住了阵脚。却好两阵对圆,各吹三通号角,震天震地,一齐呐喊,须臾两军静荡无声。两边无数勇将俱在阵脚边远远观看,专等陈丽卿与花荣斗箭。只见宋江军一边旗门开处,花荣先出。那花荣头戴一顶铺霜耀日红缨凤翅金盔,身披一副榆叶钩嵌唐猊铠,腰系一条镀金狮子蛮带,前后兽面掩心,系着一条绯红团花战袍,下穿一双卷云黄皮靴,左佩一口赤铘剑,右悬一壶修干铜牙箭,手中持着一张桦皮青鹊弓,坐下一匹惯战能征大宛名马,不带别项军器,拍马直到垓心,等待斗箭。这边阵上丽卿,见花荣不带军器,也不带那梨花枪,只一副弓箭,放辔而出。那丽卿头戴一顶闪云凤翅金冠,身披一副连环锁子黄金甲,腰系一条镀金夔龙钩心带,前后两面青铜护心镜,系一条大红湖绉绣凤战裙,下穿一双盘金飞凤鞋,左佩一口青锌剑,右悬一壶雕翎狼牙箭,手中握着一张塔渊宝雕弓,坐下一匹飞电枣骝马,缓缓纵到垓心。两阵上寂静无声。

花荣见丽卿出马,便在马上横弓欠身道:"女将军听着,俺花荣久慕神箭,愿请赐教。"丽卿道:"既是将军先愿比箭,就请将军先射。"花荣纵马放开,厉声道:"有僭了。"言未毕,翻身开弓，飕的一箭。丽卿即忙抽箭，搭在弦上，紧对着花荣箭头，一箭射去，杀气影中，电光飞到，将那花荣的箭对头一激。两箭力不相让，箭锋错过。丽卿的箭斜向花荣一边去了。花荣的箭也斜向丽卿一边去了。两箭都不伤人，空掷在衰草地上。两阵都看得呆了。花荣道："女将军且住！若照如此，只管箭镞对箭镞射过去，射到几时。须得另议射法，立分胜负。"丽卿道："花将军意中待要如何射法？"花荣道："此后你三箭我三箭，轮流代换。你射时，我不动手。我射时，你也不许动手。"丽卿道："甚好！仍请将军先射。"说罢，便带转马头，泼剌剌向东而走。花荣纵马赶上，右手放下缰绳，便去壶中拔箭。丽卿的马已驰电般去了。幸亏花荣的马还追随得上。花荣在马上扣弦搭箭，暗想道："这女子甚不易取，我须用声东击西之计。"便把那扣好的一支箭取下，交与左手，与弓一并捏了，右手便将弓虚扯一扯。丽卿听得脑后弓弦响，急忙闪避，花荣便从她闪避这边一箭射来。丽卿闪了个空，晓得中计，便索性往闪的一边，再避过去。那支箭恰恰地往耳边拂过了。希真、永清在阵上都替丽卿捏一把汗。宋江连称可惜。丽卿的马已跑到围场尽处，把马一兜，霍地回转身往西边跑来。花荣也勒转马头，就势里赶将来，地上八个马蹄，驰风击电似的奔走。丽卿识得花荣厉害，十分提心。花荣因初计不成，心内已有些虚怯，抽箭在手，又生一计，想道："我用送往迎来之计，看她何如?"即忙搭箭在弦上,却将马一拍,往斜刺里便走,便把那弓拽满,却不去觑准丽卿,偏将那箭锋向丽卿马前少许地方,一箭射去。丽卿见他马向斜刺里走,早已识得,偏却要蹈险逞奇,竟放心一马冲去。那支箭已横飞的到了胸前,丽卿见了,把身子往后一仰,顺便用手将那支箭杆一扑,那支箭便远远地跌落在地下了。宋江及众将都大吃一惊。希真及诸将都同声喝彩。花荣心中十分焦躁。丽卿见花荣如此厉害,因想:"再闪他一箭,须要让我射了,好歹要结果了他。"

丽卿的马跑到西边尽头,忽地又回转身来。花荣见丽卿转马,猛想得一个移远就近之计,便将自己的马立住了将箭藏在身后,只等丽卿的马迎过来,霍地翻身,飕的一箭,向丽卿对面射去。丽卿不慌不忙,张开樱口,将那箭头轻轻衔住,面不改色。花荣及两阵上的人一齐失惊,一片骇声不绝。丽卿见花荣失惊,即将花荣的箭搭在弦上,飕的射来。花荣急忙闪过,这箭出人意料,若非花荣闪避得快,当下便已断送性命。当时花荣闪避了这箭,拍马便走。丽卿的马奔雷掣电地追上,第二支箭已发,花荣不及提防,箭锋已到后颈,花荣急闪,那支箭已从颈边贴肉的刮过去。花荣惊出一身大汗。背后弓弦又响,花荣扭过身子,用手中的弓忙去一隔,丽卿第三支早到,只听泼剌一声,花荣的弓干已被那箭劈断。这是丽卿的连珠箭法,神化无比,精妙绝伦。花荣不觉目瞪口呆,丽卿高叫道:"花将军,且请回阵换弓,再来比较。"花荣更不答话，拍马回阵去了。丽卿也放马归到本阵，希真、永清迎接入阵，都咋舌称险。丽卿道："爹爹休慌！只是花荣这厮非常厉害，他头一箭险些着他的手。"希真道："你此时劈了他弓干已算得胜。我看斗箭一事就此停止。速将阵后鸟枪兵放出，乘其不备，掩杀过去，倒好得个大胜。"丽卿道："不可！孩儿已约他再来比箭。岂可失信？"永清道："兵不厌诈，但能得胜，失信何妨？"丽卿道："我也不但为此，这人不除，终是大患。今日好歹要射杀了他，以便日后阵上放心。"希真拗她不过，只得依了。

丽卿在阵中少息，等待出阵。那边花荣回阵，宋江迎入，只是摇头咋舌。花荣下马，略坐坐定了神。宋江口里不说，心中踌躇想："此番若再教花荣出去，深恐万一失手，又送一个兄弟。若不再出，又实气他不过。"只见花荣开言道："这陈丽卿果然厉害！待小弟略歇歇力，定要去除灭了她。一来为兄长去一大患，二来小弟方才折弓之耻，也须泄忿。"宋江末及回言，只听得对阵起鼓，丽卿已出。花荣急忙换张新弓，又添了几支好箭，飞身上马，纵出阵前。两人相见，更不叙话，开弓便射。但见两骑奔驰，两箭往来，一似流星相逐，各逞本领，各显神奇。足足放了七八支箭，你来我闪，我去你逃，两边各无损伤。丽卿心下焦急起来，因想："此时若不射他的马，断难济事。"此时花荣马在前奔，丽卿马在后追，当时搭箭弦上，拽满雕弓，眼睁睁觑定花荣坐马后胯，一箭射去。

花荣听得后面弓弦响,回头看时,只见那支箭向着下三部风也似的追来了,便识得是射马,即忙将缰绳一提,那马霍地一跳,那箭从马腹下过去了。花荣大怒,便也飕的一箭,向丽卿马头对得准准地射来。那匹飞电枣骝马见有箭来,不等人去照应,急窜向斜刺里去。那支箭却射到空处去了。丽卿大怒,一箭往马左射去,花荣急忙避得,一箭又从马右射来,两箭幸而都射不着。花荣心里惶急起来,暗想:"今番认不得真了。不如乘她射马之时,她正全神照顾下面。我却出其不意射她头盔。不管她死伤何如,我便算得胜回营。"算计已定。谁知丽卿心中也生暗计,一心要借马作样,略放高些,射他的肚皮。正是人各有心,两不相知。此刻两阵上的主帅、将官、兵卒都静悄悄地留心观看。只见两弓齐开,两箭并发,花荣的略早些,一箭过去,丽卿头盔飞去。希真阵上,吃了一惊。花荣大喜,忽然一声叫,一箭中腹,仰后而倒。宋江大惊退后,希真挥军杀上。丽卿得意已极,插弓在袋,挽了头发,抽剑当先,杀入敌军。宋江军见花荣阵亡,个个心胆碎裂,哪敢迎敌。希真、永清已统领大军,枪炮夹着箭矢潮涌般杀上来。宋江又气又惊,神志已昏。欧鹏、王良、火万城只得紧紧保着宋江奔逃,哪有余神约束全军。只见希真军个个奋发,大呼掩杀。宋江兵早已尸横遍野,血流成河。黄信在城内闻报,大惊,即忙领兵出城接应宋江。宋江逃入城中,急得神昏气败,半晌方定,想到花荣阵亡,兵马大败,不觉放声大哭道:"天绝我也!"众人近前解劝。宋江收泪痴坐,浩然长叹道:"花兄弟与我患难至交,不料今日与他分手了。"说罢,又复大哭。众人无法,只是慰劝。且说希真收兵回营,传令各营开筵畅饮。酒席之间,众人赞扬丽卿,声不绝口。丽卿摇头道:"今日之事,只好算个侥幸。其实那花荣的箭,确是神妙。当今之世,只怕要第二个花荣,断没有了。今番也是他命该绝。不然,这箭有何难避。"希真、永清都道:"花荣真个厉害!今番除灭了他,我们真大放了心。"众人各各快乐酣饮,尽欢而散。

劈罗真人

国韵小小说

劈罗真人

话说宋朝有一群大盗,为首者姓宋名江,字公明,占据梁山泊为山寨,横行河朔,十分凶猛,攻州州破,掠县县亡。

一次,宋江又率领部下攻打高唐州,却被知府高廉杀得大败。原来高廉有呼风唤雨之能,遣神驱鬼之术。宋江无奈,与军师吴用商议,要遣人到蓟州九宫县二仙山请公孙胜下山。这公孙胜原是梁山泊的一个副头领,也有腾云起雾、通天彻地的法术,却因回去省亲,隐居山中,不肯出来。宋江、吴用当时商议定妥,便请神行太保戴宗去走一遭。原来戴宗会施神行法,一日千里,其疾如飞,因此唤作神行太保。戴宗道:"我愿往,只是得一个做伴的去方好。"吴用道:"你作起神行法来,谁人赶得上你。"戴宗道:"若是同伴的人,我把甲马拴在他腿上,也便走得快了。"当时便有一人叫道:"我愿同去。"这人姓李名逵,生得满身漆黑,力大异常,秉性爽直,诨名叫作黑旋风。却常常自称铁牛,手仗两把板斧,若怒性发作时,便要拿斧砍人,人都怕他。当时戴宗道:"你若要跟我去,须要一路上吃素,都听我的言语。"李逵道:"这个有甚难处。"宋江、吴用吩咐道:"路上小心在意,休要惹事。若得见了公孙胜,早早回来。"李逵答应道:"我都记得,决不惹事。"

二人各藏了暗器，拴缚了包裹，拜辞众人。离了高唐州，取路投蓟州来。走得二三十里，李逵立住脚道："大哥，买碗酒吃了走也好。"戴宗道："你要跟我作神行法，须要只吃素酒。"李逵笑道："便吃点肉有什么要紧。"戴宗道："你又来了。今日已晚，且向前寻个客店宿了，明日早行。"两个又走了三十余里，天色昏黑，寻着一个客店歇下，烧起火来做饭，沽一角酒来吃。李逵搬了一碗素饭、一碗菜汤，送至房里与戴宗吃。戴宗道："你如何不吃饭？"李逵应道："我尚未要吃饭哩。"戴宗寻思道："这厮必然瞒着我背地里吃荤。"戴宗自把菜饭吃了，悄悄来后面张看时，见李逵买了两角酒、一盘牛肉，立在那里乱吃。戴宗道："我且不要道破他，明日小小耍他一耍便了。"戴宗自去房里睡了。李逵吃了一回酒，恐怕戴宗问他，也轻轻地来房里睡了。到五更时分，戴宗起来，叫李逵打火做些素饭吃了，各分行李在背上，算还了房钱，离了客店。行不到二里多路，戴宗说道："我们昨日不曾行使神行法，今日须要赶路程，你把包裹拴得牢了，我与你作法，行八百里便住。"戴宗取四个甲马去李逵两只腿上缚了，吩咐道："你前面酒食店里等我。"戴宗念念有词，吹口气在李逵腿上。李逵拽开脚步，浑如驾云一般，飞也似去了。

戴宗笑道："且教他忍一日饿。"戴宗也自拴上甲马，随后赶来。李逵不省得这法，只道和他走路一般好耍。哪当得耳朵边有如风雨之声，两边房屋树木，一似连排倒了的，脚底下如云催雾趱行。李逵怕将起来，几次待要住，两条腿哪里收拾得住。却似有人在下面推的，脚不点地，只管走去，看见酒肉饭店连排飞也似过去，又不能够入去买来吃。看看走到红日平西，李逵肚里又饥又渴，越不能够住脚，惊得一身臭汗，喘作一团。戴宗从背后赶来，叫道："李大哥为何不买些点心吃了去？"李逵应道："哥哥救我一救，饿杀铁牛了。"戴宗怀里摸出几个炊饼来自吃。李逵叫道："我不能够住脚买食吃，你与我些充饥。"戴宗道："兄弟，你立住了，与你吃。"李逵伸着手，只隔一丈多远近，却接不着。李逵叫道："好哥哥，且住一住。"戴宗道："便是今日有些希奇，我的两条腿也不能够住。"李逵道："啊呀！我这两只脚不由我作主，只管在下边奔了去。不要使我性发，用大斧砍下来。"戴宗道："只有如此方好，不然直走到明年正月初一，也不能住。"李逵道："好哥哥，休要耍我，砍了腿下来，怎么走回去？"戴宗道："你敢是昨日不依我？今日连我也奔得不住，你自奔去。"李逵叫道："好哥哥，你饶我住一住。"戴宗道："我的这法不许吃荤，第一戒的是牛肉，若还吃一块牛肉，直要奔一世方才得住。"李逵道："却是苦也。我昨夜不合瞒着哥哥，其实偷买五七斤牛肉吃了，正是怎么好？"戴宗道："怪得今日连我的这腿也收不住。你这铁牛，害杀我也！"李逵听罢，叫起撞天屈来。戴宗笑道："你从今以后，只依得我一件事，我便罢得这法。"李逵道："你快说来，我依你。"戴宗道:"你如今敢再瞒我吃荤么?"李逵道:"今后但吃时,舌头上生碗来大疔疮。我见哥哥会吃素,铁牛却其实烦难,因此瞒着哥哥试一试,今后并不敢了。"戴宗道:"既是如此,饶你这一遍。"赶上一步,把衣袖去李逵腿上只一拂,喝声"住",李逵应声立定。戴宗道:"我去。你且慢慢地来。"李逵正待抬脚,哪里移得动,拽也拽不起,一似生铁铸就了的。李逵大叫道:"又是苦也。哥哥再救我一救。"戴宗转回头来笑道:"你方才发咒真么?"李逵哀告道:"你如我的亲爷一般,却如何敢违了你的言语?"戴宗道:"你今番真个依我,便把手缩了。"戴宗喝声"起",两个轻轻地走了去。李逵道:"哥哥可怜铁牛,早歇了罢。"

两人走了不多路,见个客店,入来投宿。到房里去,腿上卸下甲马,戴宗问李逵道:"今番却如何?"李逵扪着脚叹气道:"这两条腿方才是我的了。"自此李逵不敢违拗,于路上只是买些素酒、素饭吃,吃了便行。

话休烦絮。不旬日迤逦来至蓟州,便取路投九宫县二仙山来。寻了数日,好容易寻见了公孙胜,就请他下山。公孙胜道:"贫道幼年漂荡江湖,多与好汉们相聚。自从与众人分别回乡,非是昧心。一者母亲年老,无人侍奉;二乃本师罗真人留在座前,恐怕山寨有人寻来。特命隐居在此。"戴宗道:"今者宋公明正在危急之际,哥哥慈悲,只得去走一遭。"公孙胜道:"实碍老母无人养赡,本师罗真人如何肯放?其实去不得了。"戴宗再拜恳告。公孙胜扶起戴宗说道:"容再商议。"公孙胜留戴宗、李逵在净室里坐定,安排些素酒、素食相待。三个吃了一回,戴宗又苦苦哀告道:"若是哥哥不肯去时,宋公明必被高廉捉了。"公孙胜道:"且容我去禀问本师真人。若肯容许,便一同去。"戴宗道:"只今便去启问本师。"公孙胜道:"且宽心住一宵,明日早去。"戴宗道:"公明在彼一日,如度一年,烦请哥哥便问一遭。"公孙胜便起身引了戴宗、李逵,离了家里,取路上二仙山来。此时已是秋残冬初时分,日短夜长,容易得晚。来到半山里,却早红轮西坠。松荫里面一条小路,直到罗真人观前,见有朱红牌,额上写着"紫虚观"三个金字。三人来到观前,着衣亭上整顿衣服,从廊下入来,径投殿后松鹤轩里去。两个童子看见公孙胜领人入来,报知罗真人。罗真人传法旨,教请三人入来。当下公孙胜引着戴宗、李逵到松鹤轩内。正值真人朝真才罢,坐在云床上。公孙胜向前叩问起居,躬身侍立。戴宗当下见了慌忙下拜,李逵只管光着眼看。罗真人问公孙胜道:"此二位何来?"公孙胜道:"便是昔日弟子所告我师,山东义友是也。今为高唐州知府高廉显逞异术,故而宋江特令二弟来此呼唤。弟子未敢擅便,特来禀问我师。"罗真人道:"汝既脱离火坑,学炼长生,何得再问世事?"戴宗再拜道:"容乞暂请公孙先生下山,破了高廉,便送还山。"罗真人道:"二位不知,此非出家人所管之事,汝等自下山去商议。"

公孙胜只得引了二人，离了松鹤轩，连晚下山来。李逵问道："那老仙先生说什么？"戴宗道："你偏不听得。"李逵道："我不省得他说些什么。"戴宗道："便是他的师父，说道教他休去。"李逵叫起来道："教我两个走了许多路程，我又吃了不少苦，他却说出这样话来。莫要引我性发，一只手捻碎他这道冠儿，一只手提住腰胯，把那老贼道直撞下山来。"戴宗瞅着道："你又要钉住了脚。"李逵赔笑道："不敢不敢，我自这般说一声儿耍。"三个再到公孙胜家里，当夜安排些晚饭，戴宗和公孙胜吃了，李逵却只呆想不吃。公孙胜道："且权宿一宵，明日再去恳求老师，若肯时便去。"戴宗只得道了安置，收拾行李，和李逵来净室里睡。这李逵哪里睡得着，挨到五更左右，轻轻爬将起来。听那戴宗时，正齁齁地睡熟，自己寻思道："却不是呆么。你原是山寨里人，却来问什么师父。我本待一斧砍了，出这口气，但杀了他，却又请哪个去救俺哥哥？"又寻思道："设使明朝那厮又不肯，却不误了哥哥的大事。我只是忍不得了，莫若杀了那个老贼道，教他没问处，只得和我去。"李逵当时摸了两把板斧，轻轻地开了房门，乘着星月明朗，一步步摸上山来，到得紫虚观前，却见两扇大门关了。旁边篱墙喜不甚高，李逵腾地跳将过去，开了大门，一步步摸入里面来，直至松鹤轩前。只听隔窗有人念诵什么经号之声，李逵爬上来，搠破纸窗张看时，见罗真人独自一个坐在日间那件东西上，面前桌上烟煨煨的,两支蜡烛点得通亮。李逵道:"这贼道却不是该死。"一趸趸过门边来,把手只一推,扑地两扇亮槅齐开。李逵抢将入去,提起斧头,便往罗真人脑门只一劈,早斫倒在云床上。李逵看时,流出白血来,再仔细看时,连那道冠儿劈做两半,一颗头直砍到项下。李逵道:"这个人今已驱除了他,便不怕那公孙胜不去。"急转身出了松鹤轩,从侧首廊下,奔将出来。只见一个青衣童子,拦住李逵喝道:"你杀了我本师,待走哪里去?"李逵道:"你这个小贼道,也吃我一斧。"手起斧落,把头早砍下台基边去。李逵笑着,径取路出了观门,飞也似奔下山来,到得公孙胜家里,闪入来,闭上了门,听戴宗时,尚自未觉。李逵依前轻轻地睡了。

　　直到天明,公孙胜起来,安排早饭相待。两个吃了,戴宗道:"再请先生同引我二人上山恳告真人。"李逵听了,咬着唇冷笑。三个依旧原路,再上山来,入到紫虚观里松鹤轩中,见两个童子。公孙胜问道:"真人何在?"童子答道:"真人坐在云床上养性。"李逵听说,吃了一惊,把舌头伸将出来,半日缩不入去。三个揭起帘入来看时,见罗真人坐在云床上。李逵暗暗想道:"昨夜我敢是错杀了?"罗真人便道:"汝等三人,又来何干?"戴宗道:"特来哀告我师慈悲,救取众人灾难。"罗真人道:"这黑大汉是谁?"戴宗答道:"是我义弟,姓李名逵。"真人笑道:"本待不教公孙胜去,看他的面上,教他去走一遭。"戴宗拜谢,对李逵说了。李逵寻思:"那厮知道我要杀他,却又如此说。"只见罗真人道:"我教你三人片时便到高唐州,如何?"三人谢了。戴宗寻思:"这罗真人又强似我的神行法。"真人唤道童取三个手帕来。戴宗道:"上告我师,却是如何教我们便能够到高唐州?"罗真人便起身道:"都跟我来。"三个人随出观门外石岩上来。先取一个红手帕铺在石上,叫公孙胜双脚立在上面,罗真人把袖一拂,喝声"起",那手帕化作一片红云,载了公孙胜,冉冉腾空便起,离山约有二十余丈,罗真人喝声"住",那片红云不动。却铺下一个青手帕,教戴宗踏上,喝声"起",那手帕却化作一片青云,载了戴宗起在半空里去了。那两片青红二云如芦席大,在天上转,李逵看得呆了。罗真人却把一条白手帕,铺在石上,唤李逵踏上。李逵笑道:"你不要耍。若跌下来,好个大疙瘩。"罗真人道:"你见二人么?"李逵立在手帕上,罗真人喝一声"起",那手帕化作一片白云,飞将起去。李逵叫道:"啊呀!我的不稳,放我下来。"罗真人把右手一招,那青红二云平平坠将下来。戴宗拜谢,侍立在右手,公孙胜侍立在左手。李逵在上面叫道:"我也要拉屎撒尿。你不着我下来,我劈头便撒下来也。"罗真人问道:"我等自是出家人,不曾恼犯了你。你因何夜来越墙而过,用斧劈我?若是我无道德,已被杀了,又杀了我一个道童。"李逵道:"不是我,你敢错认了。"罗真人笑道:"虽然只是砍了我两个葫芦,其心不善,且教你吃些磨难。"把手一招,喝声"去",一阵恶风,把李逵吹入云端里。只见两个黄巾力士,押着李逵,耳朵边有如风雨之声,下头房屋树木一似连排曳去的,脚底下如云催雾趱。正不知去了多少远,唬得李逵魂不着体,手脚摇动。忽听得刮剌剌响一声,李逵却从蓟州府厅屋上,骨碌碌滚将下来。

当日正值府尹马士弘坐衙,厅前立着许多公吏人等,看见半天里落下一个黑大汉来,众皆吃惊。马府尹见了叫道:"且拿这厮过来。"当下十数个牢子、狱卒把李逵驱至当面。马府尹喝道:"你这厮是哪里妖人,如何从半天里掉将下来?"李逵跌得头破额裂,半晌说不出话来。马知府道:"必然是个妖人。"教去取些法物来,牢子节级将李逵捆翻,驱下厅前草地里。一个虞侯掇一盆狗血,没头一淋。又一个提一桶尿屎来,往李逵头上直浇到脚底下。李逵口里耳朵里都是狗血尿屎。李逵叫道:"我不是妖人,我是跟罗真人的伴当。"原来蓟州人都知道罗真人是个现世的活神仙,从此便不肯下手伤他,再驱李逵到厅前。早有吏人禀道:"这蓟州罗真人是天下有名的得道活神仙。若是他的从者,不可加刑。"马府尹笑道:"我读千卷之书,每闻今古之事,未见神仙有如此徒弟,必系妖人。牢子与我加力打那厮。"众人只得拿翻李逵,打得一佛出世,二佛涅槃。马知府喝道:"你那厮快招了,便不打你。"李逵只得招作妖人李二,取一面大枷钉了,押入大牢里去。李逵来到死囚狱里说道:"我是值日神将,如何枷我,好歹教你这蓟州一城人都死。"那押牢、节级、禁子都知罗真人道德清高,谁不钦服,都来问李逵:"你端的是什么人?"李逵道:"我是罗真人亲随值日神将,因一时有失,恶了真人,把我撇在此间,教我受些苦难,三两日必来取我。你们若不把些酒肉来将息我时,我教你们众人全家都死。"那节级牢子见他说,倒都怕他,只得买酒买肉请他吃。李逵见他们害怕,越说起疯话来。牢里众人越怕了,又将热水来与他洗浴了,换些干净衣服。李逵道:"若还缺了我酒肉,我便飞了去,教你们受苦。"牢里禁子只得赔小心待他。李逵陷在蓟州牢里不提。

且说罗真人把上项的事,一一说与戴宗。戴宗只是苦苦哀告,求救李逵。罗真人留住戴宗在观里宿歇,一住五日。戴宗每日磕头礼拜,求告真人,乞救李逵。罗真人道:"这等人只可驱除了罢,休带回去。"戴宗告道:"真人不知这李逵虽是愚蠢,不省礼法,也有些小好处。第一耿直,分毫不肯苟取于人;第二不会阿谀于人,虽死其忠不改;第三勇敢当先,并无淫欲、邪心、贪财、背义。因此宋公明甚是爱他。若是没有这个人回去,教我难见兄长宋公明之面。"罗真人笑道:"贫道已知这人是上界天杀星之数,为是下土众生作业太重,故罚他下来杀戮。吾亦安肯逆天,坏了此人?只是磨他一会。我叫取来还你。"戴宗拜谢。罗真人叫一声:"力士安在?"就松鹤轩前起一阵风,风过处,一尊黄巾力士出现,躬身禀问:"我师有何法旨?"罗真人道:"先差你押去蓟州的那人,罪业已满。你还去蓟州牢里取他回来。速去速回。"力士应喏去了。

约有半个时辰,从虚空里把李逵撇将下来。戴宗连忙扶住李逵问道:"兄弟这两日在哪里?"李逵看了罗真人,只管磕头拜说:"大仙先生,铁牛不敢了也。"罗真人道:"你从今以后可以戒性,休生歹心。"李逵再拜道:"你是大仙,却如何敢违了你的言语!"戴宗道:"你究竟到哪里去了这几日?"李逵道:"自那日一阵风直刮我去蓟州府里,从厅屋脊上直滚下来,被他府里众人拿住。那个知府道我是妖人,捉翻我捆了。却教牢子狱卒把狗血和尿屎淋我一头一身,打得我两腿肉烂,把我枷了,下在大牢里去。众人问我:'是何神将从天上落下来?'我说道:'罗真人的亲随值日神将,因有些过失,罚受此苦,过二三日,必来取我。'虽然吃了一顿棍棒,却也诈得些酒肉吃。那厮们惧怕真人,却与我洗浴,换了一身衣裳。方才正在亭心里诈酒肉吃,只见半空里跳下这个黄巾力士,把枷锁开了,喝我闭眼。一似睡梦中直捉到这里。"公孙胜道:"似这般的黄巾力士,有一千余员,都受本师真人的差遣。"李逵听了叫道:"活佛,你何不早说?免教我做了这般不是。"只愿下拜。戴宗也再拜恳告道:"我等端的来得多日了,高唐州军务甚急,望乞师父慈悲,教公孙先生同弟子去救哥哥宋公明,破了高廉,便送还山。"罗真人当时允诺。三人便欣然下山。一路上李逵还是惧怕罗真人法术,不敢稍稍放肆哩。

旅店除奸

国韵小小说

旅店除奸

话说宋朝有个大奸臣，唤作蔡京，擅权纳贿，陷害忠良。他生平最怕的是那梁山泊强盗，非特不敢申令征剿，且暗中与他们来往。凡梁山泊里有什么要挟，无不应允。因此四方盗贼更加横行起来。不在话下。

且说梁山泊附近南旺营地方，有个铁匠唤作杨腾蛟，生得虎腰熊躯，青黑色面皮，膂力过人，武艺精通。那梁山泊强盗打劫南旺营，吓死他的父亲。腾蛟怀恨在心，便寻个机会，将贼将王定六、郁保四二人杀死，逃到嘉祥县镇守官云天彪帐下，随军效用。云天彪爱他是个英雄，十分敬重。梁山泊盗首宋江得知了此事，便大怒，差人到东京蔡京处，定要杨腾蛟的首级。蔡京无奈，与手下心腹谋士商议道："我想不如取腾蛟到这里来。杀了他，将首级把与宋江。"那谋士道："取他到这里来，若寻事杀他，恐多延时日，且又费事。若暗地害他，又恐耳目众多。我看太师不如差心腹勇士去取他，伴他同来，只就路上如此行事。岂不机密？"蔡京大喜道："此计甚妙！"便唤那心腹勇士刘世让，吩咐道："与你令箭一支，札谕一封。到嘉祥县问云天彪讨取义民杨腾蛟来大营听用。到半路上，须如此结果他性命，首级不必持来，便同此书信，送至梁山泊上宋江处。回京来缴令，自有重赏。切切不可泄漏。首级休教腐烂,不得有误。也不必带伴当,恐走风声。"刘世让道:"闻知杨腾蛟那厮武艺了得。小人独自一个,恐降他不落,且不能禁他不带伴当来。小人有个兄弟,叫作刘二,也有些武艺,做事灵便。不如教他扮作伴当,同了小人去,也好做个帮手。"蔡京道:"可行则行。须要小心。"便叫刘二来看了,即便准行。

　　刘世让兄弟两个当时收拾起,领了令箭公文,投奔嘉祥县来。这日,云天彪正与杨腾蛟在营中闲话,忽报蔡太师有令箭差官到。天彪接入,拆看了公文,知是要杨腾蛟赴京授职,毋得观望等语。云天彪也一时不知是计,甚是欢喜,便缮了申覆文书,叫腾蛟收拾起,同了刘世让起身。天彪暗暗吩咐腾蛟道:"足下一路保重!你是有功无罪,又且与蔡京无仇,此去定见升腾。但是此辈心胸,亦不可测。你到了东京,倘见风色不好,即便退步到我处来。"腾蛟顿首拜谢道:"恩相放心。便是蔡京肯用小人,小人亦不愿在他那里。今日只是不可违令。小人到京,亦不论有无一官半职,誓必辞了,仍来投托麾下,便肝脑涂地也不推却。"天彪大悦,又取三百两银子送与腾蛟作盘费,又赠良马一匹、宝刀一口。腾蛟都收了,拜辞天彪。

　　当时提了他的金蘸开山斧,挎了那口宝刀,与刘世让一同上路。正是五月初天气,又十分炎热,三人都赤了身体。那刘世让见杨腾蛟身边有三百两银子,又不带伴当,心中甚喜，一路与刘二商量，趋奉着他。那刘世让是个篾片走狗的材料，甜言蜜语，无般不会。杨腾蛟是个直爽汉，只道他是好意，不防备他。世让说道："杨将军，你此番到京，蔡太师一定重用。小可深望提挈。"腾蛟道："你说哪里话！你是太师得意近身人，如何还说要人提挈？"刘世让道："杨将军，你今年贵庚？"杨腾蛟道："小可三十七了。"刘世让道："小可今年三十六。"便撮着嘴唇上两片掩嘴须笑道："杨将军，如蒙不弃，小可与你结为盟弟兄。尊意何如？"腾蛟大喜道："刘长官见爱，小可万幸。只是小可不过一个铁匠出身，怎好攀附。"刘世让大笑道："兄长休这般说。便是小弟也因铁器生涯上际遇太师。"读者须知，凡是篾片走狗的话，十句没有半句是真。他见杨腾蛟说铁匠出身，他便说铁器上际遇。那杨腾蛟是个直性人，听人的话，总以为真。腾蛟当时心中大喜，暗想道："我为人粗笨，又是初次将到东京，没个相识。此人虽是武艺平常，人却乖觉。我到东京，即有些事，也好同他商量。"

当晚投宿，杨腾蛟便教店小二预备香烛纸马，买下了福礼，邀了刘世让结拜证盟了，二人便兄弟称呼，就在那院子中心葡萄架下散福饮胙。世让先敬了腾蛟一杯，便把酒壶交与刘二。那刘二殷勤服侍。腾蛟再不识得他们却是自己弟兄。二人正饮酒间，听得间壁歌声嘹亮。腾蛟侧头一望，原来是一个卖曲的女子，面向着里，后颈正紧靠窗边，头上插着一只翡翠玉搔头。腾蛟望一望,便自顾饮酒。那刘世让却起身走过去,立了一立,也便回来。腾蛟以为他去闲看看,也不留意,便道:"这种女孩儿为饥寒所迫便在外出乖露丑,真是可怜!"刘世让道:"东京地方,这种人甚多哩!"二人又说些闲话,歌声已止。不一时,外边吵嚷。但听得女人的哭声,老婆子的骂声,又仿佛听得说什么玉搔头不见了。腾蛟便要起身去看,世让连忙踢他的脚,丢眼色。腾蛟便止住不去。外边的声音也渐渐息了。

当下刘二收拾了盘盏,三人归寝。次日,一早起身上路。正是端阳佳节,一路上只见家家户户都插蒲剑艾旗。二人在马上说说讲讲,正是五里单牌,十里双牌,不觉走了多路。二人说到夜来歌唱之事。腾蛟道:"十多岁的女孩儿,实是亏她。那支玉搔头不知究竟如何?贤弟踢我的脚,止住我去问。不知何意?"只见刘世让笑着,怀里取出一件东西来与腾蛟看道:"这厮该晦气。"杨腾蛟一看,认得是那支翡翠玉搔头,吃了一惊,问道:"如何到你手里来?为何不还了她?"刘世让笑道:"这厮自不小心,脱在窗槛边,我便收拾了。她们白受了人的钱财多哩!叨她这点惠,又值什么。"杨腾蛟听了,不觉心中勃然大怒,把那无明火烧上了焰摩天,正要发作,忽然一个转念道:"且慢!这厮既是这种人,谅是劝不转,同他论理也无益,不如剪除了他。这里人烟稠密,不便下手,且敷衍着他。"便笑道:"兄弟,你忒爱小,这搔头值得几个钱。"世让道："看不得也值二三十两银子。"刘二道："管它值多少,总是白来的。"杨腾蛟心内十分懊恨道："不道我杨腾蛟这般瞎了眼睛,错认了一个贼当作好人。我想这厮在蔡京手下这般得势,还要贪这小利,平日不知怎样诈害百姓。如今若除了这贼,却救多少人。这里人多,我想过了金银寨,地广人稀,今日还赶得到。明日就那里路上砍了这厮,却投别处去安身。那蔡京抬举我,要他做甚。有理,有理!"

　　杨腾蛟思量定了,便对世让道："贤弟,我们今日赶紧走到金银寨,明日好趁黄河早渡。"世让应了,心中暗喜。当晚果然到了金银寨,投了客店。原来那金银寨是个僻静所在,只得三五家小店。世让私地里对刘二说道："这呆汉赶紧奔来此处,想是死期到了。我连日嫌人多,不好下手。今到这里,把那蒙汗药预备在手头,今晚就用。正是阎王注定三更死,谁敢留人到五更。"刘二道："此地虽是小所在,到底有人。不如明日路上动手。"世让道："不过十来个人家,凑不到二三十人,谁敢拦阻我。况此去郓城县只得五十里,投梁山泊最近。你只依我去安排。"商议定了,世让来对腾蛟笑道："我等赏端阳,却在夜里。"腾蛟大笑。那店房屋甚窄,腾蛟独自一人在西边一间安了铺,世让即便同刘二在东边那间安了铺。二人便将酒肴摆在自己房里,掌上灯烛,邀腾蛟过来畅饮。刘二已预备下两角酒,把一角有药的放在腾蛟面前。腾蛟也一心要杀刘世让,想道:"这贼有些气力。不如就今夜灌醉了他,在这里砍死他,省多少手脚。"那刘二便把那有药的酒,与腾蛟满斟一杯,又将那好酒斟在世让面前。世让举杯道:"哥哥请。"腾蛟便一饮而尽。不饮万事全休,一饮了那杯酒,便觉得天旋地转,浑身发麻,便道:"兄弟,我吃不得了。这杯酒下去,好不自在。我要睡了。"世让道:"哥哥如此量贵,且去睡睡。"

　　腾蛟走入房里,倒在床上。世让轻轻对刘二道:"药发了。且慢动手,待他透了。"那腾蛟在床上,说不出脏腑难过,心内却明白,想道:"不要中了麻药,这却怎好?"心里正急,猛想得贴肉衣袋藏有解药在内,原是预备不测的,便伸手去摸,不想这只手像压有千斤重石一般,幸亏药力未全发作,还能移动。腾蛟好容易拿那解药,放在口中,咽入肚里,不一时顿觉清凉,但是腹内异样的绞痛,便去窗外天井里更衣,略定片刻,痛也止了,方立起身。腾蛟隔窗子只见刘世让同刘二两个蹑手蹑脚地趱进房里来,手里都拿着利刃。世让叫道:"哥哥好些否?"腾蛟隐在黑影里,不作声。只见那世让、刘二笑道:"已着了道儿也!"两口刀一齐剁下,却砍了个空。二人惊道:"眼见卧在床上,如何刀剁下去不见了?"刘二道:"必是药少,他醒得快,到后面去乘凉。我去看来。"世让道:"我在此寻觅。你去诱他来。"二人一齐抢出房去。腾蛟吃了一惊,叫声:"惭愧!多亏神天保佑。这厮倒来捋虎须。"当时大怒,便从窗槛子轻轻地跨进房去,抽出那口云天彪赠的宝刀,奔出房来,正迎着刘世让。腾蛟大喝道:"贼子焉敢害我?"世让大惊,措手不及,急忙一闪,早被腾蛟砍着腰胯,倒在地上。

　　腾蛟抢进一脚踏在胸脯上,喝道:"我与你无冤无仇,何故害我?"世让叫道:"不干我事,蔡太师的差遣。"腾蛟骂道:"贪得无厌的恶贼!正要除灭你,你却先来撩我,叫你识得我。吃我一刀!"说罢,手起一刀,割下刘世让的头来。那店小二同几个店家虽关了门,还未睡,听见后面喧闹,都点着灯火来照看。只见杨腾蛟杀一个人在血地上,身首两处,吓得跌跌爬爬,都叫起撞天屈来。杨腾蛟道:"你等不要慌。哪个敢叫,叫的便又将他一刀两段。"众人见他勇猛,俱不敢响,抖做一堆。杨腾蛟道:"你等不要慌。还有一个没有收拾。"便去店家手里夺了烛台,翻身扑入后面园里去。那刘二见腾蛟杀了世让,心碎胆落,不敢往前面来,逃到园里爬墙,身子方过得一半,被腾蛟赶上。杨腾蛟左手撇了烛台,拖定后腿,扯离了墙头,往草地上一掼,只听得扑的一声,跌得动弹不得。腾蛟去一把揪了头发,拽到前面。那几个店家早都开门出去喊叫邻舍。有几个拢来,却都在店门外嘶喊,不敢进内。腾蛟高叫道:"既有高邻同店家,齐请进来,有话说。我不是歹人,休得惧怕!"众人听了,方敢进来。店小二道:"杨爷杀了人,只是苦了小人。"众人道:"壮士贵乡何处？既做下事，与我们作主，不要就走了。"

杨腾蛟左手揪着刘二，右手用刀指着众人，说道："众位听着，我杨腾蛟是顶天立地的好汉，决不连累众人。你们放心。"腾蛟便叫众人取根绳索，将刘二四马攒蹄捆了。那刘二跌昏了，已渐渐醒转来。腾蛟对众人道："我姓杨名腾蛟，南旺营人氏，因斩了梁山王定六、郁保四两个贼人，建立军功，蔡太师取我进京授职。不知为何这两个狗头起意，要将我谋害。我不能不结果他。今趁众位在此，特留这个活口。一者与我做个见证，二者脱了众位的干系。众位休慌，我不肯搅乱了就走，且借副纸笔来。"店小二忙去取来，放在面前。杨腾蛟道："哪位高邻请执笔，替我写写？"众人推出一位老者。那老者没奈何，只得应道："老汉写就是了。"杨腾蛟把刀搁在刘二的脸上，喝道："你这厮因何起意要谋害我？不从实言，剁你一堆肉酱。"刘二哼道："好汉，不干小人之事。蔡太师吩咐要好汉的首级，送上梁山泊宋大王处，小人们不敢不依。小人再不敢做这歹事了，好汉高抬贵手。实因家有老母，时常有病，昨日世让曾对好汉说过。求饶狗命。"腾蛟道："咦！你主人的老母，与你何干？"刘二道："实不相瞒，刘世让是小人的亲哥子，因要害好汉，乔扮主人伴当。"腾蛟听了，央那老者一句句依直写了，叫众人书了名，着了押。

杨腾蛟把那口供看了一遍，又取出刘世让的包袱打开，只见几件衣服,三百两散碎银子,又搜出蔡京与宋江那封信来,就灯下拆开看了,骂道:"奸贼,焉敢如此!"遂把来揣在怀里,另取张纸,自把亲供写道:"具亲供人杨腾蛟,本贯南旺营人,年三十七岁。某年月日,斩贼将王定六、郁保四,建立军功。讵料蔡京差心腹人刘世让、刘二将腾蛟诱至金银寨地方,欲取腾蛟首级,献与宋江。奸谋败露,腾蛟将刘世让杀死,自行远逃,并不干金银寨店小二及一切邻右人等之事,现有刘二活口供单可凭。所具亲供是实。"写罢,便把自己行李收拾,牵了马,提了大斧就走。众人见这亲供,又见他要走,一齐叫起苦来道:"壮士,你方才说不害我们,今却不与我们做主,我们便死也不敢放壮士去。"又对店小二道:"这是你家的事,不要害倒人。"腾蛟道:"胡说!难道我偿这厮的狗命,有刘二的活口及我亲供在此,你们都洗得脱。你们拦定不要我走,恼了我的性子,再砍几个,我也仍旧走了。"店小二磕头捣蒜也似的道:"杨爷吩咐,怎敢不依。只是官府前怎容小人分辩,总说是我们放走了凶手。"众人拜求不已。

杨腾蛟沉吟半晌,说道:"有了。我再与你们一个凭据。"便提了那开山大斧,走出店来,叫众人随了出来,把火照着。去溪边松树里,拣了一颗拱斗粗细的老松,抡开大斧,只得三五斧,那颗松树虎倒龙颠似的往溪里卧下去。众人都吐出舌头。杨腾蛟一指道:"官府来检验,把与他看。"

这松树还吃不起我的斧头,何说你们的头颈?"众人都不敢作声。腾蛟又道:"你们休要疑惑。我也是走得脱时乐得走。我在前面探听,如果累诸位受屈,官司分辩不脱,我再挺身自首不迟。蔡京这封信,索性也送了你们,也好替我剖白。"众人都拜谢。腾蛟提了斧,重同众人进店,指着刘二骂道:"我要救这众人,造化了你。"又索性把刘世让的尸首剁成十七八段。那支翡翠玉搔头在刘世让身边,一齐剁碎了。杨腾蛟当时收拾起,便扬长而去。后来地方官查验此事,知与当朝蔡太师有干系,便不敢追究。蔡京得知了,也无法可施,又不敢声张,只得暗中向宋江谢罪了事。夫以堂堂大臣乃私与草寇往来,陷害良善,宜乎盗贼目无法纪,把天下闹得一塌糊涂。然则国家用人又安可不分别贤奸,慎而又慎么?

劫王纲

国韵小小说

劫王纲

话说隋炀帝时,各处盗贼纷起。其中有一个绿林好汉,名尤俊达,新近结了一个伙计,名程咬金。一日,在长叶林地方,程咬金带了一名喽啰在山下抢劫财物,等了半夜,没有一个客商经过,十分焦躁。看看天色微明,喽啰道:"这时没有,是没有的了。程大王,上山去罢。"咬金道:"做事须要顺溜。难道第一次就空手回山不成?东边没有,待我到西边去看。"小喽啰只得引到西边。只见远远旗幡招展,剑戟光明,旗上大书"靠山王饷纲",一支人马慢慢而来。这镇守登州净海大元帅靠山王乃炀帝嫡亲皇叔,文帝同胞兄弟,姓杨名林,字虎臣,隋朝算他第八条好汉。因炀帝初登大宝,杨林就差继子大太保罗方、二太保薛亮解一十六万饷银入长安进贡,路经长叶林。程咬金一见,叫声:"妙啊。"喽啰连忙说道:"程大王,这是登州老大王的饷银,动不得的。"咬金喝道:"什么老大王,我不管他。"遂拍动铁脚枣骝马,手持大斧,大叫:"过路的留下买路钱来。"小校一见,忙入军中报道:"前面有响马断路。"罗方闻报,叫声:"奇怪,难道有这样大胆的强人,白日敢出来断路?我即去拿来。"上前大喝道:"何方盗贼?岂不闻登州靠山王的厉害?敢在这里断路!"程咬金并不回言,顺手一斧,正中他刀口,"当"的一声,震得罗方双手流血，回马而走。众兵校见主将败走，呐声喊，弃了银桶，四下逃散。程咬金放马来赶，罗方、薛亮二人叫声："强盗，银子拿去罢了，何必苦苦追我？"咬金喝道："你这两个狗头，休认我是无名强盗。我们实是有名目的，我叫作程咬金，伙计尤俊达。今日权寄下两个狗头，迟日再送些来。"说罢，回马转来。罗方、薛亮惊慌之际，听错了名姓，只记得叫作陈达、尤金，连夜奔回登州去了。程咬金回马一看，见满地俱是银桶，跳下马来，用斧劈开，滚出许多元宝。程咬金大喜。忽见尤俊达远远跑来，见了元宝，就叫众喽啰将桶劈开，把元宝装在那六乘车内，上下盖好，回至山上。到了一更时分，放火烧寨，收拾到武南庄。从后门而入，在花园中掘一地穴，将十六万银子尽行埋了。到了次日，请二十四名和尚挂堂开经，拜四十九日梁王忏。劫纲这日是六月二十二日，他榜文开了二十一日起忏，将程咬金藏在内房，不敢放他出来。

且说登州靠山王杨林，一日升帐理事。忽报大太保、二太保回来。杨林吃惊道："为何回来这般快？就叫他们进来。"二人来至帐前跪下，禀道："父王不好了！王纲银子被响马尽劫去了。"杨林听了，大怒道："响马劫去王纲，要你押纲何用？与我绑下去砍了。"左右一声答应，将二人拿下。二人哀叫："父王啊，这响马厉害无比，他还通名道姓呢！"杨林喝道："强盗甚名字？"二人道："那强盗，一个叫陈达，一个叫尤金。"杨林道："失去王纲在何处地方？"二人道："在山东历城县地方,地名长叶林。"杨林道:"既有地方名姓,这响马就该拿了。"吩咐将二人松了绑,死罪饶了,活罪难免,叫左右捆下,打四十棍。遂发下令旗、令箭,差官持往山东,限一百日内,要拿长叶林劫王纲的响马两名陈达、尤金。百日之内,如拿不到,着府县官俱发岭南充军,武职尽行革职。这令一出,吓得济南文武官员心碎胆裂。

却说济南知府钱文期行文到历城县。县官徐有德即刻升堂,唤马快樊虎、捕快连明当堂吩咐道:"不知何处响马于六月二十二日在长叶林劫去登州老大王饷银一十六万,临行又通了两个名字。如今老大王行文下来,限百日之内,要这陈达、尤金两名响马。百日之内没有,府县俱发岭南充军,武官俱要革职。今本县限你一个月,要将两名响马拿来,每逢三六九听比。若拿得来,重重有赏;如拿不来,休怪本县!"二人领牌出衙,各带公人,去寻踪觅迹,并无影响。到了比期,二人重打三十板。徐有德喝道:"如若下卯没有响马,每人打四十板。"不几日又到比期,徐有德升堂问众捕快道:"响马可拿到了?"众人道:"毫无影响。"有德说:"如此快拿去打。"左右一声答应,拖将下去,打了四十大板。及打完了,众人不肯起来,一齐说道:"求老爷将下次比板一总打了罢,就今日打死了小的们,这两个响马也没处拿了。"徐有德道:"据你们如此说来,这响马一定拿不到了。"樊虎道:"老爷有所不知,这两个强人一定是别处来的,打劫后逃往外府。如何拿得他来？若要拿他，除非去请秦琼秦叔宝，他尽知天下的响马出没去处，得他下来，方有拿处。"徐有德道："他是节度大老爷的旗牌，如何肯下来追缉响马？"樊虎道："此事要老爷去见大老爷，只需如此如此，大老爷一定放他下来。"徐有德听了道："说得有理，待本官自去。"即刻上马，竟投节度使衙门来。

此时节度使唐壁正坐堂理事。忽见中军官拿了徐有德的禀折上前禀道："今有历城县知县在辕门外要见。"唐壁看了禀折，叫声："请进来。"徐有德走至檐下，跪下拜见。唐壁道："贵县来此有何事故？"徐有德道："卑职因响马劫去王纲，缉拿无踪，闻贵旗牌官秦琼大名。他当初曾在县中当马快，不论什么响马，手到擒来。故此卑职前来，求大老爷将秦旗牌发下来。拿了响马，再送上来。"唐壁闻言道："也罢，本藩且叫秦琼下去，拿了响马，依旧回来便了。"就叫秦琼同徐知县下去，好生着意，获贼之后，定行升赏。秦琼见本官吩咐，不敢推辞，只得同徐有德来到县中。

徐有德下马坐堂，叫过秦琼吩咐道："你本来是节度使的旗牌官，本县岂敢得罪你！如今既请下来，权为马快，必须尽心拿贼，如三六九比期没有响马，那时休怪本县无情。"秦琼道："这两名响马必须出境缉拿。数日之间，如何得有？还求老爷宽限。"徐有德道："限你半个月，要拿到这两名响马，不可迟缓。"叔宝领了牌批，出得县门，早有樊虎接着。

秦琼道:"好朋友,自己没处拿贼,却保举我下来。"樊虎道:"小弟们向日知仁兄的本事,晓得这些强人出没。一时不得已,故请兄长下来救救小弟们性命。"秦琼道:"你们依先四下去察访,待我自往外方去寻便了。"遂别众友回家,见了母亲,不提起这事,只说奉公差出去。秦琼别了母亲、妻子,带了双锏,上马出得城来,暗想:"长叶林尤俊达是做响马的。这宗王纲,或者是他合了伙计打劫了去。想他打劫时,同打仗一般通了名姓,那押纲的差官慌忙中听错了。不如去探听一回。"随即纵马加鞭,竟往武南庄来。到了庄前,忽听得里面钟鼓之声,抬头一看,见榜文上写"重演四十九日梁王忏,于六月二十一日为始",想道他在家超经,如何二十二日有工夫打劫?如今不要问他,回马仍至济南。光阴迅速,半月限期已过,响马仍没有拿到。县官徐有德每逢三六九必比一次,秦琼因此却受了许多板子。

却说少华山王伯当,一日对齐国远、李如珪道:"九月二十三日是叔宝母亲六旬寿诞。我要往潞州,邀单二哥同去拜寿。你们迟几天动身,山东相会便了。"二人应允。王伯当起身下山,竟投山西潞州府二贤庄而来。到了庄上,单雄信闻知,迎接入庄,礼毕坐下。伯当道:"九月二十三日乃叔宝兄令堂六旬寿诞。小弟特来知会吾兄前去祝寿。"雄信道:"原来如此。事不宜迟,速即通知各处弟兄同去恭祝。"说罢,即取绿林中号箭,差数十家丁分头知会众人,限于九月二十二日,在济南府东门会齐,如有一个不到,必行重罚;一面打点金银珠宝各样贺礼,择日同王伯当往山东进发。那时各处好汉得了单雄信的号箭,各各动身不提。

再说冀州燕山罗元帅夫人秦氏,是秦叔宝的姑母,一日,对罗公说道:"九月二十三日是家嫂六旬寿诞。我已备下寿礼,意欲叫孩儿前去代妾身祝寿。不知相公意下何如?"罗公道:"这是正理。明日就叫孩儿起身便了。"夫人大喜。这信一传出来,早有外边中军张公瑾、史大奈、白显道、尉迟南、尉迟北、南延平、北延道七人皆要去拜寿,都来相求公子点拨同行。罗成依允,在父亲面前,点了他七人随往。次日,罗成辞别父母,收拾寿礼,带了七人,投济南而来。

再说少华山齐国远、李如珪两个计议道:"我们要去济南上寿,将甚礼物为贺?"李如珪道:"我有一盏珠灯在此,可为贺礼。"二人遂收拾珠灯带了两个喽啰,下山而来。将近山东地界,望见罗成等八人。齐国远认不得罗成,说道:"好啊!这班人行李沉重,财物必多。何不去打劫来做了寿礼?"遂拍马抢刀大叫道:"来的留下买路钱来!"罗成见了,令张公瑾等退后,自己一马当先,大喝道:"响马,你要怎的?"齐国远道:"要你财物。"罗成道:"你休妄想!看我这支枪!"齐国远大怒,把斧砍来。罗成把枪一举,拦开斧头,拿起银花铜一下,正中国远颈上。国远大叫一声,回马便走。如珪同两个喽啰抛弃珠灯,也走了。罗成叫史大奈取了珠灯,笑道:"这两个毛贼,正是偷鸡不着,反蚀了一把米。"

且说齐、李二人败下来,正想财物劫不成,反失了珠灯。如今却将何物去上寿?忽见西边转出一队人来,却是单雄信、王伯当,后边跟了些家将。国远道:"好了!救星到了。"二人遂迎上前,细言其事。雄信大怒,叫家人一齐赶来。罗成听见人喊马嘶,晓得是败去的响马,纠合同伙追来,住马候着。看看将近,国远道:"就是这个小贼种!"雄信一马当先,大喝道:"还我的珠灯来便罢!如不肯还,看俺的家伙。"罗成大怒,正欲出马相杀。后边张公瑾认得是雄信,连忙上前叫道:"公子,不可动手!单二哥也不必发怒。"二人听得,便住了手。公瑾告知罗成,这人就是秦大哥所说的恩人单雄信。罗成听了,便与雄信下马相见毕。大家各叙过礼,取金枪药与齐国远搽好。众人都说往济南拜寿,合做一处同行。

且说尤俊达得了单雄信的令箭,见寿期已近,吩咐家将打点贺礼,即日起身。程咬金也要同去,俊达道:"去便同你去。只是你我心上之事,酒后切不可露风。"咬金应声晓得。二人收拾礼物,领了四个家将,往济南而来。那咬金转过山头,看见雄信等一队人马,遂抡起宣花斧,大叫过路的留下买路钱来。雄信笑道:"我是强盗头儿,好笑那厮反要我买路钱。待我赏他一槊。"遂一马上前,拿金顶枣阳槊就打。咬金把斧一架,架过了槊,"当当"连砍两斧。雄信急架忙迎，哪里招架得住，叫一声"好家伙"，回马忙走。罗成看见，一马冲出，摇枪便刺。咬金躲过枪，把斧砍来。罗成拦开斧，一枪正中咬金左臂。咬金回马要走，不提防右足上又中一枪。后边尤俊达见程咬金受伤，遂抡起朴刀，拍马追来。雄信认得，连忙叫住罗成，俊达叫转咬金，各各相见，取出金枪药，与咬金敷了伤，登时止痛，合做一处，取路而行。

将近济南，见城外一所客店，十分宽敞，招牌上写着"贾柳店"。雄信对众人道："我们今日且在这里居住，等齐了众朋友，明日进城便了。"众人皆说有理，遂一齐入店。店主贾闰甫、柳周臣接进众人，上楼坐下，差几个家丁在路上等上寿的朋友，吩咐安排七八桌酒，先拿两桌上来吃。不一时，来了潞州金甲、童环、梁师徒、丁天庆，家丁招呼入店上楼，各各见礼，又添上一桌酒。不多时，又来了柴绍、屈突通、屈突盖、盛彦师、黄天虎、李成龙、韩成豹、张显扬、何金爵、谢映登、濮固忠、费君喜一班豪杰，陆续俱到，各上楼吃酒。忽听见外边渔鼓响，走入魏征、徐绩，两个上楼来。徐绩知道今日众星聚会，遂各施一礼，坐下饮酒。楼下又来了弟兄两个，叫作鲁明星、鲁明月，他二人乃是海盗，所以家丁认不得。二人走入店中，见楼上有客，就坐在楼下。走堂的摆上酒肴，二人对饮。雄信认得二人，连忙挽手上楼，一同饮酒。

且说贾闰甫见这班人不三不四，心内疑惑，悄悄对柳周臣说："这班人来得古怪，更兼相貌凶奇。莫非有劫王纲的陈达、尤金在内？你可在此看店。待我入城叫叔宝兄来看看风色。却不可泄漏。"柳周臣点头会意。贾闰甫飞奔县前,来见叔宝,就说:"今小弟店中来了一班人,十分古怪。恐有劫王纲的陈达、尤金在内。故此急来通知。"叔宝就叫樊虎、连明同闰甫走到店中。叔宝当先入内,走上楼梯一看,照面坐的却是雄信,连忙缩下头来。早被雄信看见,起身叫声:"叔宝兄。"叔宝躲不及,只得同樊虎、连明走上楼,逐一相见,叙了阔别之情。言讫,叔宝叫贾、柳二人也同来吃酒。酒至数巡,叔宝起身劝酒,到雄信面前,回转身来,在桌子角上撞疼了腿,叫声"啊呀!"把腰一曲,几乎跌倒。雄信扶起叔宝,忙问:"为何痛得如此厉害?"樊虎就把王纲被劫,缉访无踪,被县官比板,细细说了一遍,所以方才撞了疼处,几乎晕倒。雄信与众人听了,一齐骂道:"可恨这两个狗男女,劫了王纲,却害叔宝兄受苦。"此时尤俊达心内突突地乱跳,忙在咬金腿上扯。咬金叫道:"不要扯我!我是要说的。"便道:"列位不要骂,那劫王纲的就是尤俊达、程咬金,不是陈达、尤金。"叔宝闻言大惊,把咬金的口掩住道:"兄何出此言?倘被别人听见,不大稳便。"咬金道:"不妨!我是初犯,就到官里,也无甚大事。快把索子绑了我去见官就是了。"叔宝道:"小弟虽鲁莽,那情理两字也略知一二。怎肯拿兄去受罪?如兄不见信,弟有凭据在此,请它做个见证。"言讫,就在怀中取出捕批牌票,将佩刀一劈,破为两半,就在灯火上连批文一齐烧了。众人看了,说道:"好朋友,这个才是好汉!大家歃血为盟,以后必须生死相救,患难相扶。你等意下如何?"都说道极好,就于楼上摆下香案,个个写了姓名。徐绩将盟单写了,念道:"维大业二年九月二十二日,有徐绩、魏征、秦琼、单雄信、张公瑾、史大奈、尉迟南、尉迟北、鲁明星、鲁明月、南延平、北延道、白显道、樊虎、连明、金甲、童环、屈突通、屈突盖、齐国远、李如珪、贾闰甫、柳周臣、王勇、尤通、程咬金、梁师徒、丁天庆、盛彦师、黄天虎、李成龙、韩成豹、张显扬、何金爵、谢映登、濮固忠、费天喜、柴绍、罗成等三十九人,歃血为誓:'不愿同日生,只愿同日死。吉凶相受,患难相扶。如有异心,天神共鉴。'"说罢,众人举刀在臂上刺出血来,滴入酒内。大家各吃一杯血酒而散,到后来这班豪杰多为隋朝革命之人。唐代兴邦之佐,皆缘当时朝政不清,人心思乱,草野英雄,乘时蜂起。帝王专制的坏结果往往如是,可不戒哉?

狄青比武

国韵小小说

狄青比武

话说,宋朝有一年,山西西河地方发了一场大水,水里漂流着一个儿童,眼看就要淹死了,后来被波浪冲激到一个山脚下。幸遇一道人把他从水里救出,停了些时,才渐渐缓醒过来。道人问他遭难的情形,方知他姓狄名青,年方九岁,家住西河地方,只因大水初发时,波涛来得凶猛,未及躲避,便冲落水中。道人看这狄青幼年诚朴,举动安详,十分喜悦,便将他留在山中,安慰一番,说道:"你现在无家可归,若肯伴吾居此,吾甚愿教与你些学问,俾汝将来成器。"狄青闻言,甚是感激,自此就从了道人求学。这狄青年纪虽小,立志甚高,凡是道人传授的学问,他总是勤苦用心,孜孜不倦。

转瞬数年,狄青已长到一十六岁,学得文韬武略,色色惊人。一日,道人向狄青说道:"你的学问很有进步,虽不能说到渊博,也算可以应用了。现今国家正在用人,你当趁这机会寻个道路,为国家出出力,博个前程,也是青年人应有的志愿。"狄青听了虽是感念师恩,不忍相离,然而自己前程也是要紧。当日狄青便遵师命,拜别下山,一径投奔到汴梁京城。不一日到了汴京,进了城,狄青正要寻觅住处,忽见路旁一座庙宇,门上悬着匾额,上勒"敕建关帝庙"五字。狄青寻思借住庙宇倒觉清净,便举步进去。当有知客僧接住，念声佛，道："施主从何处来？请入献茶。"狄青答过礼，便向僧人问道："弟子由山西来京应考，请问宝刹有无闲房？弟子欲借居数日，应有租金自当照奉。"和尚闻言把狄青窥视一番，见他行装虽不甚丰，但举止文雅，料道必是外省贵绅，便慨然答道："余房尚有。公子若不嫌狭陋，即请在小庙下榻，租金一节，贫僧不敢计较。"狄青大喜，便在关帝庙歇下。

一日，狄青闲步出游，走至街头，见一家酒楼门前围着多人。狄青近前一看，原来有一老人据地痛哭。狄青不明何故，便探问旁人。方知老人乃一寒士，家居酒楼后面，近有胡制台之子胡伦，因喜爱那老人的家园在繁闹丛中，别饶雅趣，便要问老人贱价买归己有。老寒士不忍割弃，不肯出卖。胡伦因贪变怒，竟使豪奴逼迫老人限半日迁让，如再不允，定要强占。老人自料势力不敌，卖又不忍，故此据地自悲。狄青问知情形，大怒道："京都首善之地，竟有此恃豪欺凌贫弱。真令人可恨！"正寻思间，只见有七八个豪奴，身穿华服，健步来前向老人喝道："老儿，你家搬也未搬？"老人含泪告别："非我不搬，实因先人遗产，不忍割弃，还望众位饶恕。"众豪奴闻言喝道："你这不知好歹的老奴，对你讲好话，你也不懂。"说声"来"，众人一拥，便把老人拽倒，拳足交加，打得老人就地翻滚。狄青见两旁人虽是嗟叹，只不敢上前解劝，遂挺身遮护老人，大呼道："不得无礼欺人。"众豪奴正在发威，忽见有人插身拦阻，便更怒上加怒，喝道："你这小子，胆大包天！敢来管我家相公之事。"狄青厉声喝道："我不问相公不相公，看着不公，便要管。"众豪奴不料受狄青几句抢白，又欺他年幼，遂不容分说，一齐来扯狄青。狄青眼快，早飞起一脚，踢倒一人，接连左拳右腿，如生龙活虎，打得众奴东颠西倒，头破血流，一个个抱头鼠窜。当狄青追打众人时，旁有两人袖手而立。一人黑面虬髯，身高八尺；一个赤面无须，年约二十上下。初见狄青解劝时，两人便互使眼色，极为称赞。后见逐去众奴，二人便哈哈大笑，上前挽住狄青道："壮士且请息怒，借一步说话。"狄青见二人义形于色，气概不凡，也便罢手，转身向老人道："你且回去躲避。那恶奴敢再来时，自有我承当。"老人感谢了自去。那赤面者便拉狄青说："且请到敝寓一谈。"于是三人行去，转过大街，现出一所宅第。二人邀狄青入了客厅，分宾主坐定。仆人献过茶，赤面者便道："请问壮士贵姓大名？何处人氏？何故与豪奴凶斗？"狄青答了姓名，又说："来京本是投考，不期见老人被欺，心中不平，故此相助。"二人听了十分佩服。赤面者道："在下姓李名义，山西太原人氏。"又指黑面人说道："这兄弟张忠乃顺天府人。吾二人皆通武艺，前年贩布来京，不料市面萧条，折了本钱，遂闲住此间。适见大哥打伤了这胡伦的恶奴，想胡伦素日依仗他父亲的势力，无所不为。今被大哥痛打，吾料他定不甘休，少时必来报复。依兄弟劝，莫若暂时隐避在此，不然倘一出头，必要吃苦。"狄青至此方明白，且深感张、李二人的义气，遂寄居于李义家中。

却说胡伦坐在家中正盼望众奴的消息，忽见一个个跟跄奔回，都是头破血流，倒吃一惊，忙问情由。众豪奴诉说："我等正驱逐那老奴，忽来一书生帮助，将我等打得这样。但不知那小小书生如何会有这样气力？"胡伦闻言，大怒道："京城禁地，居然有人敢来欺吾！"吩咐全伙家人一齐持械去捉，一面告知父亲胡坤，通令地方文武各官加派兵役挨户搜拿，只可惜不知书生名姓。故此狄青得以安住李义家中，不曾被获，只是众兵役白忙乱了一番。胡伦见捉不到凶手，怒气不消，遂将那老人痛殴了一顿，立刻赶逐出去，强占了他的房屋。先前倒说给他房地价值，现在也分文不给了。老人自知难与较量，遂饮恨吞声而去。到了次年，胡伦忽然染病，也是他罪恶贯盈，难逃天谴，不数日便一命呜呼。胡坤因痛子情深，也相继而死。因此，狄青痛击恶奴之事，也就无人过问了。

当日狄青在李义家中，闻得有人传说胡伦父子已死，便来对李义、张忠说道："小弟蒙二位兄长保护，寄居将近一年，实在感恩不尽。但小弟来此原为求取功名，不想遇见不平，以致耽搁多日。今小弟仍要出去投个机会，免得使人笑我一事无成。"张忠道："贤弟，我正要对你讲，现今番人作乱，攻破三关。当今万岁因为人心惶惶，正要考选人才，派到边关去剿贼。又听说此次是不分军民,如有武艺超群的立加升赏。我兄弟三人正好趁这机会为国家出出力。"李义道:"闻得后日便是考期,我等且先去报了名,预备下兵器、马匹,到那日我等也该施展施展武艺了。"狄青听了大喜,三人在家遂预备刀马,自不必细说。

这天到了考期,狄青、李义、张忠三人披挂停当。狄青定制一柄九耳金刀,李义、张忠都使的是蛇矛。三人一齐上了马,投奔御教场而来。到了辕门,只见刀箭如林,旌旗飞舞,众军将耀武扬威,都待比试。少时,仁宗天子率领各部大臣缓缓而来,当时众军将一齐迎接。进了教场,只见御驾台东,排列着数万军兵,前列的皆是素着战功的众武将;台西也有几千护卫的官兵,前列的都是赋闲的武将与初次投考的壮士。狄青、李义、张忠也随在台西,立马当中。监军棚内三通鼓罢。只见令旗一举,东面军中早有一人银枪白马飞出阵前,大声报道:"小将徐鸾,愿比试者请来一战。"只见西面一将黑袍蛇矛骑一匹乌骓,口呼:"张忠来也。"徐鸾也不答话,直取张忠。两马相交,战至三十余合。忽东面又一马飞出,大呼:"徐将军少息!让高艾取此黑奴。"张忠方欲接战。西面李义见官军中增出一人来战张忠,便纵马奔出,喊道:"张贤弟,待我来比试一番。"张忠只得退后。李义与高艾交马只十余合,便觉刀怯。狄青在旁按捺不住,纵黄骠马,提九耳刀,直至阵前,叫声:"李大哥,看狄青较量。"高艾看看李义将败,忽又一人来接战,不免心中大怒,便挺枪搠来。狄青也不还手,只待枪来,便顺手一挡。高艾已觉震得两臂酸痛,大吃一惊,暗想:"这小小书生倒有这样大气力。"说时仍举枪攻刺,狄青只是不动。两旁众军都看得惊奇。此时高艾退又不能,战又不敢。幸徐鸾眼快,便拍马舞枪来助。狄青见二人齐来,便呼道:"让你二百人来,我也不惧。"此话一出,早惹恼了一员虎将,用手扶一扶头盔,举枪跃马而来,厉声喝道:"有胆量者与王天化来比。"原来这王天化乃仁宗天子驾前第一猛将,各营武士无不佩服他的本领,现在官至九门提督。当时听得狄青口出大言,忍耐不下,便立意要与狄青决个胜负。狄青见王天化奔来,毫不畏惧,便说道:"你三人一齐来,退缩者不算英雄。"王天化也不答话,挺枪直取狄青。三人如纺车儿一般,把狄青围在当中。狄青不慌不忙,团团接战。徐鸾方一失神,早被狄青手起一刀割伤右臂,几乎坠下马去。高艾见徐鸾受伤,猛吃一惊。不想狄青眼快,早趁势用刀背一刴。高艾已翻身落马。王天化见高艾、徐鸾相继受伤,愈加愤怒,挺枪狠命搠来。狄青见来势凶猛,把马带住,看看王天化枪到,便将身一闪,一个镫里藏身,早把天化枪尖让过,就势用左手提着刀,伸出右臂,正巧二马相错,被狄青一把拖住天化的勒甲绦,只一拽一推,王天化骑坐不稳,身已离鞍。狄青大喝:"速去换马再战。"两旁众军一齐吃惊。仁宗天子在台上见狄青力敌三人,正在惊奇,忽见高艾、徐鸾抵敌不过,相继受伤。仁宗寻思这王天化乃著名勇将,恐狄青难以取胜。正思间,仁宗又见狄青把王天化一拖一拽,几乎落马,败归本队。仁宗大喜,向左右说道:"朕见勇将甚多,从未见如此少年英勇者。"即欲传旨召见。只见王天化卸去盔甲,绰枪飞马而来,大呼:"狄壮士,敢再与吾决一胜负么?"狄青见他满面怒容,知他心怀恶意,便答道:"王将军果欲比武?休怪小人鲁莽。"天化道:"你且莫狂言!吾二人先奏明圣上,认真比较。倘有伤损,两不抵偿。你看如何?"狄青尚未回言,这天化已跑到台前,禀过总指挥官孙秀。孙秀不敢擅专,急奏知仁宗道:"今狄青、王天化二人欲认真比武,分个胜负,情愿立下誓书,如有伤损,两不抵偿。乞陛下圣裁。"仁宗吩咐:"今日考试原为选拔真才,若视如儿戏,将来如何派到边关破贼?即传旨依允。"二人闻知圣上允准,即不似先前互有退让了。于是各显神威,刀枪并举,八马蹄如撒豆般来往,四只手似擒虎势相攻,鏖战八十余合,依然不分胜负。两旁众军看得发呆,都喝彩不迭。仁宗在台上也暗暗吃惊。这王天化深恐战狄青不过,便瞧个破绽,挺枪照狄青面部舍命搠来。狄青眼快,见枪尖将到,便扭身一闪,顺手抡起九耳金刀倒抛出去。不想天化马快,恰巧凑进前来,也是狄青用力过猛,当时将王天化从腰际齐齐整整切为两段,落马而死。四围军将一齐变色吃惊。狄青也勒住战马,面现不安。仁宗天子看得清清白白，是王天化逼住狄青恶战，今竟为狄青所斩，可见是不量力的结果。但二人已立下誓书，自无别论。当时仁宗即传旨，着狄青接任王天化九门提督之职。其余比试较优者，均各加升赏。王天化尸首早有他手下人收拾棺殓去了。考试已毕，众文武侍奉仁宗起驾回宫。次日，狄青在午门外谢恩已毕，出朝；早有提督僚属预备狄青接印。后来西夏赵元昊作乱，狄青奉命出征，颇着战功。所以宋朝时，狄青实称得起是国家柱石之臣。现在是尚武时代，若人人能学狄青，国家又何患不强盛呢？

大闹酒楼

国韵小小说

大闹酒楼

话说宋朝仁宗时代有一个英雄好汉姓狄名青,山西西河县人,学得一身好武艺,有万夫不当之勇;与同省太原人姓李名义,直隶顺天府人姓张名忠,最为深交,结为异姓兄弟,二人亦是豪杰之士。当时三人同往河南汴京经商,一路上晓行夜宿,渴饮饥餐,不止一日,到了都城,就寻个客寓歇下。

次日,三人出外游玩,到了十字街,望见一座高楼,十分幽雅。三人登楼,呼唤拿上顶好的酒馔来。酒保一见三人,吓了一惊,说:"不好了,蜀中刘、关、张三人出现了。"张忠道:"酒保无须害怕,我三人生就面庞凶恶,心中却是善良的。"酒保道:"原来客官不是本省人的口音,休得见怪。敢请少坐片时,即当将酒馔送来。"当下三人只见阁子上面,已有几桌人在彼饮酒,又见楼中不甚宽敞,一望里厢对面一座高楼,雕画工巧,花香扑鼻,一阵阵吹出外厢来。张忠即呼酒保,要拣个好座儿。酒保道:"客官,此座儿便是好了。"张忠道:"这个所在,我们不坐,须要对面这座高楼。"酒保道:"三位客官要坐这高楼,断难遵命。"张忠道:"这是何故?"酒保答道:"休要多问。你且在此饮酒罢。"张忠听了问道:"到底为什么登不得此楼的,快些说来。如果然坐不得的,我们就不坐了。你也何妨直言。"酒保道:"三位客官不是本省人，怪不得你们不知。吾隔楼有个大势力的官家本省胡大人，官居制台之职，有位公子甚是蛮横，强占此地，赶去一方居民。将吾阁子后面建筑画楼，内中奇花异草，古玩名画，珍禽奇兽，无一不备，改号此楼为万花楼。"张忠道："他既是官家公子，何至十分凶蛮？"酒保道："只因孙兵部就是庞太师的女婿。胡制台与孙兵部契交，他的势焰熏天，无人不怕。这公子名胡伦，日日带领十余个家丁出外游玩，倘遇愚民有些小小冲犯，他即时拿回府内打死，谁人敢去讨命。如今公子建造此楼，时常来赏花游玩，饮酒开心，并禁止一众军民人等到他楼上闲玩。如有违者，立刻拿回重处。吾故劝客官休问此楼，免得惹出灾祸来也。"

斯时不独张忠、李义听了大怒，即狄青也觉气忿不平。张忠早已大喝一声道："休得多说。我三人今日必要登这楼饮酒，谁怕胡伦这小东西！"说罢，三人正要跑上楼去，吓得酒保面如土色，额汗交流。酒保连忙跪下，磕头恳求道："客官千祈，勿上楼去，饶我性命罢！"狄青道："酒保，吾三人上楼饮酒，倘若胡伦到来，自有我们与他理论。与你有何相干？"酒保道："客官有所不知，胡公子谕条上面写着本店若纵放闲人上楼者，捆打一百。客官呵，人的躯体是骨肉做的，若被打一百，岂非贱命无辜送在你们三人手里么？恳祈三位客官不要登楼，只算是买物放生，存些阴骘罢。"张忠冷笑曰："二位兄弟，胡伦这东西如此凶狠，也怪他不得。彼恃着数十个蠢汉,横行无忌。顺者生,逆者死。不知陷害多少良民了。"狄青道:"我们不上楼去,显怕惧这小东西,也不算是好汉。"李义也答道:"有理。"当下三人执意不允,吓得酒保心头突突乱跳,叩头犹如捣蒜一般。张忠一手拉起,呼声:"酒保且起来,吾有个主张在此,如今赏你十两银子,我三人且上楼暂坐片时,即刻下来。难道那胡伦有此尴尬凑巧的就到了么?"李义又接言道:"酒保,你真是呆子,一刻间得了十两银子还不便宜么?"当下酒保见了此十两银子,转念想道:"这紫脸客官的话倒也不差,难道胡公子真有此凑巧就来不成?且大着胆子受用了银子罢。"即呼道:"三位呵,既欲登楼,须臾就要下来的。"三人齐应道:"这个自然,决不累着你淘气。你当将好酒肴送上来,还有重赏。"酒保听了,喜动颜色而去。

　　此时三人登楼,但见前后纱窗多已闭着。三人先将前面纱窗推开一看,街衢上的人攘往熙来,以及民居铺户历历在目;又推开后面纱窗一看,果见一座花园,芳草名花,珍禽异兽,无所不有,亭台院落布置得宜,犹如画图一般。三人不觉同声称妙,均道实是别有一天,怪不得胡公子要驱逐游人,不肯与大家同乐了。正谈论间,酒肴已来,排开案桌,弟兄等开怀畅饮,甚是得意。原来这三位少年英雄胆量包天,况且张忠、李义乃是天盖山的强盗,放火伤人不知见过多少,哪里畏惧什么。今到了此楼,总要吃个爽快的。酒保送酒不迭，未及下楼，又高声喧闹几次，催取好酒。李义高声呼唤："酒保，如不速送酒上来，恐怕要将楼上铺陈打去了。"酒保一闻喊骂之声，急忙上楼，说道："客官，小店里实在没酒了，且请往别处去用罢。"张忠喊声："胡说，你言没了酒，欺着我们么！"一把将酒保揪住，圆睁环眼，擎起左拳要打。吓得酒保浑身发抖，蹲做一堆求饶。李义在旁道："酒保，到底有酒没有？"狄青言："酒是有的。无非厌烦着我们在此，只恐胡伦到来，累及于他。酒保，如若胡伦到了此间问起，只言我们强抢上楼的，决无干累。"酒保道："既如此，请这位黑脸客官放手，待我拿酒来罢。"当下张忠放手。酒保下得楼来，吐舌道："不好了。这三人吃了两缸酒，还要添起来，这也罢了。只怕公子到来，那便如何是好？"

却说胡伦年方二十光景，生得面貌凶横；虽是胡制台之子，乃系继养；平日只贪游荡，不喜攻书，其父并不管束，听其所为，所以放纵得品行不端，胆量愈大，平素凌虐良民。大家一闻他到来，便远远躲避，送他一个诨名叫胡狼虎。这一天，胡伦乘了一匹白马，带了八个家丁到各处去玩耍，正因身体有些疲乏，拟回衙休息。只因一个无赖汉与酒保蓄有夙恨，斯时亦在酒馆里饮酒，看见酒保得了张忠十两银子，私放三人在万花楼饮酒，即时去报告胡伦。胡伦闻知，怒发冲冠，立刻引了家丁，如狼如虎，一直来至酒肆中。当时店中饮酒的人一见公子到来，均一哄而散。酒家吓得魂飞魄散,连忙跪下叩头不止。八个家丁跑进楼来,大喝:"这里什么所在,你们在此中吃酒么!"弟兄听了大怒,立起身来说道:"酒楼是留客之所,人人可坐。你莫非就是胡家几个凶奴么,来阻挠我们吃酒?""好生大胆,"八人齐喝道,"我家胡大爷要登楼来,你们快些滚下去,只算不知者不罪。"三人喝声:"胡说!胡伦有甚大势力,不许我们在此么!快教他来认认我桃园三弟兄,立着侍酒,方恕他简慢之罪。"家丁大怒,喝声:"大胆奴才!好生无礼!"早有胡兴、胡霸抢上,挥起双拳就打。却被张忠一手格住一人,乘势一摆,二人东西跌去丈远。又有胡福、胡祥飞步抢来,李义圆睁环眼,喝声"且慢",飞起连环脚,将二人一齐跌倒。胡昌、胡顺、胡荣、胡贵四人,见不是势头,只得一齐拥上来捉三人。狄青毫不在意,将身子一低,伸开双手,在四人腿上一擦。四人喊声"不好",向地跌下。八人起来,又思抢上,岂知身躯未近,人已先跌,只得爬起来,一同逃下楼去了。

狄青看见,冷笑道:"这八个奴才,不消三拳两脚,打得都逃下楼去了。二位贤弟,我想胡伦必不干休,料他必来寻事,不如我们三人一同下楼去,方为上策。虽不是怕他,恐他多差奴才来就虎落平阳被犬欺了。"张忠道:"哥哥所算不差。我们下楼罢。"此时狄青在前,张忠、李义在后,正要下楼,岂料胡伦公子雄赳赳,气昂昂抢上楼来,高声大喝:"谁敢无礼!我胡大爷来也。"狄青问曰:"你就是胡伦么?"轻轻在他肩上一拍，胡伦已立脚不稳，由楼跌下，八个家丁上前扶起，已跌得头晕眼花了。胡伦即唤家丁们快拿住三个贼奴才。狄青大喝道："胡伦，你还敢来么？"胡伦被跌得浑身疼痛，忿怒异常，便大喝道："何方凶汉？擅敢放肆！我大爷就来，你便如何。"说罢，直抢上前，七个家人随后。胡兴见势头不好，已先回家中禀报胡公去了。却说胡伦奔抢至狄青跟前，狄青伸手挟胸抓住，提了起来，宛如抓鸡一般。七个家人只管呐喊，又见张忠、李义怒目圆睁，不敢上前，唯大骂："这还了得！三个凶汉如此胆大凶狠，还不放下公子，倘若胡大人一怒，只怕你三条性命无日子了。"当时狄青少年气盛，加以酒已半酣之际，一闻家丁之言，怒气冲冲喝声："贼奴才，要我放他么，也不难，且还你罢！"遂将胡伦一抛，高高掷起，头向地脚朝天跌于楼下。三人哈哈冷笑，重回楼中饮酒，方才下楼之言已忘记了。

  当下七名家丁见抛了公子下楼，急急跑走下楼来，只见公子天灵盖已碎，血流满地，已是不活，吓得面如土色，大呼："反了反了，清平世界，有此凶恶之徒将公子打死。真乃目无王法了。"店家早已吓得半死。街上闲观之人亦渐渐走拢来看。是时胡府家丁又添上百十余人，将店中重重围了。这三人在楼中饮酒，还不晓得胡伦跌死，正在你一杯我一盏吃得兴高采烈之时，忽有二三十人一拥上楼拿捉凶手。这三人一见大怒，立起身来，一阵拳打脚踢。这二三十人站立不住,只得纷纷退下去。

　　此时酒家看来不好,只得硬着胆子登楼,跪下叩头不已,称言:"三位英雄祈勿动手,救救小人性命才好。"三位道:"我们又不是打你,何用这等慌忙?"酒家道:"三位呀,你今把胡公子跌死了。他的势头凶狠,方才小人已曾禀告过了,你还不知么?"狄青道:"胡伦死了么?"酒保道:"天灵盖已打得粉碎,鲜血满地。难道还是活的吗?今胡大人必来拿我,岂不是小人一命,丧于你三人之手。"狄青道:"店主,休得着忙!我们一身做事一身当,决不来干连你的。"酒家道:"你虽然如此说,只是你三人乃异省的人民,一时逃脱,岂不连累小人?"张忠道:"我三人乃顶天立地的英雄,决不逃走。你且再拿好酒上来,俾我弟兄饮个爽快。如不送来,我们真个要走了。"酒家听了,喏喏应允,言要酒也容易,此时急忙下楼,取一坛顶好的酒送上楼来,只恐他们脱逃,遂将好酒好肴,来羁縻他们。弟兄三人大悦,尽量畅饮不休。

　　是日,胡制台闻报大惊,即刻传令知县,前往拿捉凶手。县主奉令,带了差役人等数十名到了酒肆门前,验明尸伤,确系扑跌殒命。当时县主即唤酒家上来,问他姓名。酒家禀道:"大老爷在上,小人名唤张高。"县主又讯三人姓名,怎样将公子打死的须从实说来。酒家道:"他三人名姓小人实是不知。只是一个红面的,一个黑面的,一个白面的同来饮酒,要上对面楼中,当时小人再三不肯。岂知他十分凶狠,伸出拳头将小人揪住要打。那时小人力怯无奈,只得容他登楼去。后来公子到了,即时登楼厮闹。彼时小人正在楼下烫酒,如何殴打,小人实未看见。老爷若欲知详细情形,只要讯问三个客人,即明白了。"县主听罢,即斥令酒家暂退,命传三人上来。当下衙役唤三人至前。县主问道:"你三人叫什么名姓?"李义道:"吾姓李名义,山西太原人氏。"张忠道:"吾是直隶顺天府人,名唤张忠。"狄青道:"吾乃山西西河人,姓狄名青。"县主曰:"你三人既是他省人民,在外为商,该事事隐忍才是。在此饮酒,缘何将胡公子无端打死?你且从实招来,以免动刑。"张忠道:"大老爷明鉴,吾三人在楼中饮酒,与这胡伦两不相干。岂料他领了七八个家丁打上楼来,不许我们饮酒。这先是胡伦差的。"县主听了,喝声:"胡说!你还说公子么。你既坐了他的楼,理须相让。况他是一个贵公子,你三人是愚民,即同辈中借用了东西还要说些好话。如今料你三凶徒欺他斯文弱质竟行凶将他打死了,还要说此蛮话,好生可恶!"狄青道:"老爷若论起理来,胡伦亦有差处。他一到店中即差家人打上楼来,不容分说。后来胡伦上楼,小人等并不曾动手,是他自己失足跌死,怎好冤屈小人打死他的。望乞大老爷明鉴详察。"县主大怒,喝声:"利口凶徒!你们将公子打死,还要如此强辩。皇城法地岂容此凶恶强徒。若不动刑,怎肯招认。"吩咐先将这黑脸贼狠狠夹起来。当时差役正要动手,来脱张忠靴子。忽来了一位钦差名叫包拯,人称铁面阎罗官,因巡查到此,得知情形,即向知县道:"这件事案情重大,待本部带回衙去,细细究问,不怕他不招认。"说罢,遂命亲兵将三名凶犯带转回衙去了。

是日,包公带转犯人升堂坐下,威风凛凛,令人着惊,命先带张忠,吩咐抬起头来。张忠深知包公乃是一位正直无私的清官,故甚是钦敬,呼声:"包大老爷,小人张忠叩见。"包公举目一看,见他豹头虎额,双目如电,想他是一个英雄之辈,如挑他做个武职,不难为国家出力,即言曰:"张忠,你既非本省人,做什么生理,因何将胡伦打死?且从实禀来。"张忠想道:"这胡伦乃是狄哥哥扔下楼去跌死的。方才在知县跟前,岂肯轻招。但今包公案下,料想瞒他不过。唯当先结义之时,立誓义同生死。如今且待我一人认了,以免累他二人。"张忠定下主意,呼声:"大老爷,小民乃顺天府人氏,贩些缎匹到京发卖,与李、狄二人在万花楼酒肆叙谈。不料胡伦不许我们坐于楼中,领着七八个家人如虎如狼打上楼来。小人自恃有些气力,将众人打退下去。后来胡伦上楼与小人交手,一跤跌于楼下,撞破脑盖而死,实是小人误伤的。"包爷想道:"本官见你是个英雄汉子,与民除害,倒有开豁之意。怎么刑尚未动,竟是认了?若竟开放,未免枉法。不如且带下去,再讯这第二个罢。"张忠讯毕,又传李义上来。当下李义跪下。包公一看李义,铁面生光,环眼有神,燕颔虎额,气概昂藏。包公道:"你是李义么?哪里人氏?这胡伦与你们相殴,据张忠言是他自己跌坠下楼身死,可是真情么?"原来李义亦是莽夫,哪里听得出包公开释他们之意,只想:"张二哥因何认作凶手?待我禀上大老爷,代替他罢。"遂禀道:"小民乃山西太原人。三人到此贩卖缎匹,在万花楼饮酒与胡伦吵闹,小的性烈,将他打下楼坠死的。"包爷喝道:"张忠说是他与胡伦相争,失足坠楼而死。你又说是你打死的。难道打死人不要偿命的么?"李义言:"小的情愿偿命,只恳大老爷赦脱张忠的罪,便是大恩了。"包爷听罢,遂命将李义带下去,再将狄青带上来讯问。

狄青上堂。包爷细看这小英雄,好生面熟,但不知在哪里相会过的?原来包公乃文曲星,狄青乃武曲星。今生虽未会,前世已相逢。故包公满腹狐疑,此人好生面善,但一时记忆不清,遂问:"你是狄青么?哪省人氏?"狄青禀道:"小民乃山西西河人,只为偕友到此经营,是日于楼中饮酒。不知胡伦何故引了多人上楼要打吾三人,小民等略精武艺,即将众人打退。至胡伦跌死,却是小人抛下去的,张、李并非凶手。大老爷明鉴万里,求将他二人放了。"包爷暗想道:"这又奇了,别人巴不得推诿,他三人倒把打死人的罪名都认在自己身上。此中必有缘故。想三人是义侠之交,同场做事,不肯置身事外。所谓甘苦患难,死生共之。如此义气,诚是难得。因想胡伦纵肆横行,毫无禁忌,良民受害,伊于胡底。老夫早欲寻他破绽,无奈他机巧多端,所以不果。今日之死,实是为地方除一大恶,更想张、李、狄三人,乃是异乡孤客,正如羊入虎群。若非胡伦依势恃强,此三人焉敢动手?纵伤了他性命,亦是胡伦该死。"想毕,包公即将惊堂木一拍,大喝道:"你这三人说话糊涂。况且验明胡伦尸伤系是被跌身死。如何这等胡供!岂不知打死人是要偿命的,你们莫不都是疯汉么?"喝命攆他们出去。斯时三人齐声称谢,连忙回寓,收拾行李,返乡而去。包爷断结此案,胡制台虽有势力,亦无可如何。而万花楼左近一带居民,自胡伦死后,得以免此暴虐,莫不称颂三人之功。

文白降龙

国韵小小说

文白降龙

话说杭州城外有一个西湖,三面环山。湖中隔一道长堤,分为里外两湖,风景天然。平日游人已是不少,到了春光明媚,天气清和的时候,游人更多。一日,有个姓文名白号素臣的,想起西湖,忽动游兴,遂带身边使用的一个小童,名叫奚囊,向湖边昭庆寺寻了下处。二人安顿了行李,暂宿一宵。次日起来早膳过,文白吩咐奚囊锁了房门,出了寺门,到断桥边四面一望,只见青山绿水,游人如织,花香阵阵,从湖边扑来,顿觉游兴勃然;一径往六桥走去,一路高瞻远盼,领略湖山真景。文白正走之时,远向湖中望去,只见一只大船,打着抚院旗号,有一个白须老者同一个和尚在舱内坐谈,却也不在意中,遂丢过一边。哪知走不多路,陡然黑云四起,雷电交作,大雨如倾盆直倒下来。文白急折转身,只见游人仕女都纷纷乱跑,有许多人挤在一个小亭内暂避。文白亦把奚囊推入,自己因亭内多半女人,不便挤入,却背着亭子站在阶前石上。略停片刻,忽然身边走过一人说道:"家爷请相公上船一会。"文白道:"你老爷是谁?因何请我?船在何处?这样大雨,如何去法?"那人用手指道:"那一株大杨树下,不是家爷的船吗?相公上船便知。小的现拿雨具,不多几步,就到船上。雨大得很,休要耽搁了。"

文白此时已被暴风冷雨弄得浑身抖战，巴不得有躲避去处，遂不暇细问，急急穿换了，抢至船边，跨上船去。那家人把奚囊驮在背上，雨伞遮着，随后下船。船中老者姓未号澹然，因探亲来到杭州，偶尔游湖。听家人们说，岸上有位相公避雨，因恐挤了女人，不进亭中，许久立在雨内，浑身透湿。故老者特叫家人请文白上船避雨。文白上船后，彼此通问姓名，始知本是世交。座中有一个和尚，法号和光，澹然指给文白见过，大家分宾主就座，把酒叙谈。和光见天色已晚，起身告辞，上岸去了。澹然即唤小童传话后舱，令婢女素娥服侍他的两个女儿，大女名叫鸾吹，小女名叫金羽，出来与文白相见。正在叙谈之时，忽见小童惊慌进内喊道："老爷，不好了！文相公，快出来看罢！"

船上诸人喧闹起来，登时声如鼎沸，但听得说："潮来了！潮来了！"陡觉天色昏黑，四面山容，全然隐灭。那湖中水势掀播，直欲接天，雨更倾盆如注。船身荡摇不定，本来傍岸而泊，此时已不知哪是苏堤？哪是白堤？一片汪洋，无边无际，满船啼哭，澹然不知所为。文白暗忖："西湖哪得有潮？此必非常变异。"也觉着慌，顾不得船中人，急走出舱，跳上船头；却不料浪卷舟轻，宛在虚空抛掷，方欲站住脚跟，身子一歪，斜扑湖中。一阵浪花将他身子一卷，竟如旋风作势，愈转愈紧，霎时间已深入湖底。无奈西湖荇藻交横，下面泥极松浮，根叶荡漾，手足无可支搭。文白心知空明处乃是水底，不敢向下钻去，但从黑层层处用力冒将起来，才得透顶，又是浪头兜盖身子一滚，重新坠下数尺，如是者十余次，力竭体重，渐渐挣扎不起来。忽见水面浮出一物，首大如牛，浑身碧氄氄的毛，长有尺许，身子笨重，在那里淌来淌去。文白想着："这不是水牛，湖中又无猪婆龙，不知是何怪物？"竭力冒出来，却好有一根船腔木浮到面前。文白抱住那船木，浮近那怪身旁，仔细看那怪时，两角矗起，有二尺来长，昂起头来只管喷水。文白怒甚，纵身爬在那怪背上，在它腰间用力一夹。怪竟大吼回头，见背上有人，将身子乱耸。哪知文白不跌下来，因复尽力一夹，乘势又把它颈骨一拗。怪已腾踔起来，往前直浮，文白被它颠落。水势更大，怪已不见。

文白泅行半里，方始近岸。此时文白惊魂略定，遂在堤上立住，那水犹没膝数寸。雨不住落，里湖水势奔迅冲突，直注外湖，澎湃之声，充塞于耳，雷霆霹雳，骇怪万状，目眩神摇。较方才出没水中，又换一番景象。远数南北山头，自天竺、云林、栖霞至葛岭一带，白云滃然，游漾不定，恰似雨中景致。唯大佛头、宝石塔顶迤逦至昭庆后山，天惨地昏，峰峦暗黝，一派模糊，不可辨识俯视倒影。但觉黑云万道，自山罅喷激而出，层叠不穷。山脚石壁间，奔泉突泻，白如练布，直灌里湖。文白看清水源，心知此水非关湖决，既在此山，又非江流灌入，其为山中发蛟无疑。此时水势浩荡，雨更大注。文白秃头危立，无可躲避，一路寻思，将择沿堤人家暂为避止。只见孤山一带颓垣没水，板扉竹片荡漾中流。山坳坦处，有人避水，团坐路隅，或三五人，或六七人，隐隐听得儿啼女哭之声，甚是悲凉。再向外湖一望，洪流滚滚，自六桥直至南屏，蓺田万顷，顿失所在。那湖心亭子四隅均被涨没，但见翼然浮于水面，满湖不见一船。看到近堤一带，忽有画舫底已朝天，舱门窗槅零落漂流，不知是谁家游船陡遭此险？文白猛然想到："方才落水，未公坐船正泊此处，何以不见踪影？莫非即是此船。满船之人已与波臣为伍？且待水退，探访音耗，再作区处。我且沿堤而行，回昭庆寺寓处。"主意已定，转身寻路。幸堤上遍栽杨柳，水浸数尺，未经漂拔。依树而行，就浅就深，不觉已到断桥。文白上了桥面，暂且歇息。

此时文白头巾早已脱去，髻散发披，又兼大雨冲刷，竟如海鬼一般，脚下踏的靴子，亦不知褪在何处，袜被水浸，涨紧如桶。一路水深没膝，看不见地下草石，文白走不到半里，袜底洞穿，脚趾已为草根戳伤，觉得有些痛楚。无奈进退无路，文白只得忍痛再走，哪知站起身来，眼光到处，北山云势黑阵阵直拥而上。雨点愈密，一股腥风裹紧云头，东穿西扑。隐隐望见鳞爪飞舞，文白心疑："莫非真有神龙取水？你看湖光山色霎时间变成汪洋大海，此龙神力亦不为小。但湖上居民方春耕种，突然遭此巨灾，淹没田庐，溺毙人畜，不可算计。龙如有灵，何至害人若是。想来并非神龙，乃是山中蛰蛟应时而出。昔周处斩蛟，为民除害，遂以成名。可见伐蛟本是地方官府之责，现在官府吃饭不管事，使孽龙潜伏山中，酿为民害。平时不能斩除，今龙已启蛰，兴云作雨，谅不可制。但如此作怪，所过地方，不知又伤几多生命。诚无妄之灾也。"

文白正在胡想。云势越滚越近，看那龙时，蜿蜒夭矫，全身都现，忽然张牙舞爪，直奔文白头上。却被腥气一扑，文白几乎跌倒。文白昂头逼视，刚刚离着丈许，心念："龙如伸爪下来，岂不被其攫去？即不被攫，估量风卷云驰，也应攫向空中，不知此身坠落何处。想着和它狠斗一番，我非周处，如何斗得过他？然斩蛟非史传虚言，安知无人能继其后？"

文白刚发痴想。哪知龙自里湖山中出来，奔入外湖，偏偏隔着长堤，雨势过重，升腾不上。恰好堤上有十数株古柳，根围丈许，约是百余年物。那龙乘势过来，钻入树隙，摇头摆尾，身子竟为拴住，再也不能冲出。文白认得龙入柳林，愈加着急；又见云气黑如浓墨，越围越紧，把一带湖堤遮得不见，天色如在黑夜一般。却喜龙身笨滞，除头尾在两边掉弄，桶粗似的躯体兀自不能动弹，浑身鳞甲时作畲张。文白顿悔落水之后，未将衣袖捻牢，把数百支药箭抛入湖中。假如有此利器，往那鳞缝中发去，充其力量，可入数寸，使之满身芒刺,着药便烂。虽不能登时刹却,任它负痛而逃,也终创溃而死。此时只手空拳,如何抵挡?但幸保余生,或者仗着天生神力,乘它困于林木,徒手搏击,批得一鳞,毻得一尾,也强如为龙风摄去。文白因将身上浸透衣服撩起,紧缠胸背,解下里衣上的绦带,束缚停当,纵身一跃,拣那最高的柳树,扳定一枝,腾过那边,踏在桠杈之上。龙尾向着里湖,龙头望着外湖,紧对南屏;知是越凤凰山,蹈钱塘江出海的。文白看得明白,料它势穷力竭,一时不得腾外,就由这树跨到那树,贴近龙身,伸足过去,不意周身涎沫,滑不可立,险些颠坠,幸为柳枝格住。因复蹲于树杈,文白顺手折断柳条,捋尽萌芽,渐渐盈把,都有七八寸长。文白定了一会心,运出浑身气力,迸到右手指头,用放竹箭的法子,一连放出二三十根,却都钻入龙鳞翕处。文白细看龙头,昂藏自若,但背鬣簇耸,似亦微觉痛楚,因把所折柳枝,尽力放完。那龙已不自在起来,频频掉尾,傍着的树也就震撼不定。最后龙头猛转过来,绕着一树,直望文白。两颗龙睛巨如栲栳,睒睒有光,口若箕张,腥涎喷溢,颔下须粗如绠,连着腮际硬鳞,刀斧也不能入,两个钩牙外露,磨击作响,大有吞噬之状。文白骇极,急拗柳枝,如前射去,直贯左目。那龙忍痛不动。文白将柳枝捏住,狠力一拔,一个龙睛囫囵出来;复把一枝柳条望右目戳去,如前力拔,又是一个眼珠贯柳枝而出。那龙负痛回头,复又豁过尾来。旁边有一小柳树,耆然一声,折作两段。那尾已捎到文白所蹲的树上。文白举手迎着,钩起十指,攀将过来,贴胸抱住,随后伸起右手,将它尾上鳞甲尽力剥去,才揭落四五片,觉得腥涎滑腻,手力松软。龙已从头上倒运气力,注于尾尖,猛想挣脱。文白看它浑身一节一节的弯曲,知是运着全力,也紧紧迎住不放。哪知龙用力太足,狠命挣拔,被文白顺势一拗,尾上骨节居然脱笋,抱持之间,顿觉瘫软,不似方才那硬挺挺的光景。此时龙怒吼发狂,张口砺齿,黑气直喷,前后四个长爪乱舞乱动起来。十几棵柳树宛如湖滩上枯芦随风摆弄,东倒西歪。文白几乎跌将下来,暗忖:"龙尾已经拗断,龙睛也已戳瞎,料也不能飞腾,但困兽狠斗,终非人力所能抵挡。看它使起性来,如此播荡,厉害万分。倘拔木而起,连我的性命也不可知。"正在无计。

　　果然震天价一响,眼前霎时昏黑,头眩神摇,不能自主。耳中只听得簌簌渐渐,滚滚汩汩,风声雨声,并湖中急流,堤上涨盛,一片水声,不知身落何处。约有数分时,文白心才略定,张目一看,谁知所蹲的柳树早已扑落湖中。两旁大小共有十五六棵,横七竖八,堵塞堤上。那龙已不知去向。文白仰视天空,黑处已渐渐淡薄,雨势也收过大半;断桥石级只剩一二层浸没水中,堤上高处露出中间石板,估量水已大退;转身看到自己,却离那株扑水的柳树有一箭路光景。记得遇着孽龙之前,已是过桥,如今偏在桥西,又枕着一块小小碑石而卧。"这也奇极。莫非龙去时,摄我到此?或者是柳树扑湖中,我的身体随之落水,迷茫中有人指引而来?"文白立起身来看此碑石兀是打断在地,水痕初落,恰好现出字迹,上面写道"葛岭进路"四字。迎面峰头峭起,破磴盘云,好鸟穿林,山花欲活,确是雨后新霁光景,却也无心观玩。因在柳树上放了百余支柳条箭,拿抱龙尾,觉得浑身吃力。刚才昏沉沉又是有人将他自半空掷下,微觉胸背肘腕等处筋节有些疼痛,不耐走动,就在碑边掇了一块大石,背山面水的坐着歇息。只听见桥那边人声嘈杂,你一句我一句,惊喜骇怪,乱嚷了一会,只是听不清楚。

　　少顷有人说说笑笑,走下桥来,却是两个老者、一个后生,一眼看见文白,三人齐声说道:"咦,这个时候还有人端坐在这里,除了是淹不死的乌龟,你是何人?"文白立起身来道:"列位休得取笑!我是游湖覆舟,落水后游过这边来的,因有同舟亲友生死未卜,故在此打听。列位从哪边来?曾听见今日湖中遇救者有什么人?"那后生道:"这又奇了。今日里湖外湖,翻掉的船只,不知多少。须待晚来钱塘门、涌金门船埠查点回船的时候,才有数哩。若是救起的人,更难打听。我们从松木场到天竺去的,因晓得湖里大水,耽搁半日。走过昭庆寺山门外,不料一座凉亭被风吹倒,压死了几个人。寺中正乱着哩!二伯伯,你听那茶店中说的是城里靳家祖坟里出了蛟。"一个老者道:"出蛟是不奇的。记得他家葬坟,请遍有名风水说这穴是真龙潜伏,只怕被文曲星破掉,如今不知是不是?你这位先生口音是下路,几时到我们杭州的?方才说同舟被溺的人,不知生死,倒要请教明白。"文白走近前来,深深一揖道:"小生文白,吴江人氏。因路过贵处,在湖上小住,借寓昭庆寺。今早带一家童沿堤游览,不期遇得世交故人,招小生登舟,叙谈许久,突遭此灾。小生落水,略谙水性,浮到堤边逃生。哪知在柳树林中,遇见真龙出现,才把我摄到此处。因见他们所坐的船,底已朝天,谅都落水。唯未得确耗,所以在这里发愁。"老者道:"船底朝天,多分是覆溺的了。你才说遇见真龙,莫非应了茶店中人的话,文曲星破掉了真龙了么?"文白道:"此话乃是谣言。哪里真有此事,列位莫要信他。"老者道:"未识贵世交姓名、籍贯?是何等样人?"文白答道:"是江西人,姓未。舟中带着他两位小姐、家人、小子并丫嬛,共是六人。小生落水时,船却未覆,不知何时被溺?"老者沉吟半晌。那后生插嘴道:"是了,是了。刚才有昭庆寺的香火说,发水时,他在堤上,见湖中漂来一人。他就拾着一根竹竿,将那人衣服撩住,拉到堤边。又叫两个人相帮,始得捞起。岂知那人身底下又是一人,牵连起来,竟救了两个,都是白须白发的老头儿。问他来历,说出姓未,原来是主仆。你道因何牵连?也是忠义之气,感动神明,故能死里逃生的。他主人落水,老仆赶忙跳下,钻入主人身底,要想驮他起来。所以一个在上,一个在下。岂不是义仆哩!后来问他住在何处?他说还有家眷同时被溺,要在湖上觅一下处。倘被人救起,就此寻觅,否则打捞尸首也是要紧。不知何人哄传到城中,即有县里差役出来,把未老爷接进城去了,还留了两个差役探访家眷哩。我在茶店听得明白。不知是这位的世交么?"文白狂喜道:"据你说来,一些不错。"后生道:"这哪有错的。"说罢,三人一齐举步,道声:"失陪。"彼此拱手而别。文白也不回答,看着他们走去。此时雨点已住,水又连退尺许,一带长堤,全然露现。文白忙立起来,走了四五十步,忽听见有人哭声,拨开芦苇,哪知就是鸾吹小姐,因即同了鸾吹,回到昭庆寺。岂知素娥也被昭庆寺的人救起,除了金羽小姐一人不知下落,余人都被救起,真可谓万幸的了。

义士赠刀

国韵小小说

义士赠刀

话说在明朝成化年间，江苏吴江县出了一个文武兼全的人，姓文名白，字素臣。文白十岁即能诗文，涉猎史子百家，十八岁游庠，后来学识益精，通数学及医理、韬略诸书，天生神力，武艺超群。一日，文白翻阅邸抄，见宦寺专权，邪教怙宠，国政紊乱，时事日非，遂辞别家族亲友出外游学，借此或能施展素志。后来文白得他的好友荐引入京，应当朝天子直言急谏之召，引见奏对的时候，他便侃侃而谈，说道："如想天下太平，非把太监靳直、国师继晓一同斩首，才能有贤人出来辅佐政治。"当时天子因素来相信靳直及继晓二人，一听文白的话，心中大不为然，不禁勃然大怒，要把文白处斩。后经同日引见的有一个女神童，名叫谢红豆的，听见要斩文白，即忙跪下谏止。文白才得赦免死罪。哪晓得靳直与继晓二人心不能甘，在天子面前哭诉，要斩文白。天子虽欲其请，只好将文白办了充军之罪，发往辽东。

当时文白在兵部领了火牌，勘合出京，在通州与京中几个好友作别，见天色将晚，与押解官商量下店，俟明日早行。那押解官姓钟名仁，是中营一员千总，虽受靳直指使，凌逼文白，却又被东宫天子拨了两个卫士监押同行，心中畏惧，不敢作恶。早行夜宿，饮食水火，安心任文白之便。当下文白要宿，即叫兵役寻下宿店，让文白宿在上房，留卫士护卫，自己领着兵役，在厢房歇宿。文白晚膳后，正在闲坐，忽见西南方起了一阵怪风，直卷地吹进屋来，心想："不好，一定有人前来行刺。"定心一算，知道床下有人，因踅到外间，将东宫卫士床头一把腰刀掣在手中，把火放在地下，说道："床下壮士，请出相见。"只听床底下低应一声"来也"，就这声里，托地跳出一个浑身扎缚的武士，手提宝刀向文白浅浅一喏。文白看那武士装束得如昆仑奴，甚是勇猛。文白暗暗惊赏，按刀问道："壮士何来？岂也是那太监的爪士吗？"那武士微笑道："我虽不是那靳直的爪士，却受其礼，请来做刺客的。因敬文爷忠直，特地应承，来送一信。靳直门下异人极多，不见我回，必另着人来。前去山川纠缦，形势险恶，地方空野，煞要留心。"因解下刀鞘，并手中那宝刀，安放桌上，那武士说道："这刀是靳直镇家之宝，我有心赚来的。文爷非此不足防身。后会有期，前途保重。俺便去也。"说毕，耸身一跃，寂然不见。文白嗟叹感念，不能已已。早惊动了解官、卫士、兵役、巡夫、店家、伙计人等，拥进房来。文白约述一遍，个个目瞪口呆，伸出舌头缩不进去。独有两个卫士，甚是硬朗，说："文爷不该放他去的，只叫应了咱们，擒住这人解到地方官去，摘了他口词，就不怕靳公公展翅了。他敢挣扎一点儿，咱就捌他三二十个透明的窟窿。"文白笑道："他来去如风，只恐捌不着他。"卫士也笑道："他无故也是个人，敢有三颗头六只臂吗？"文白道："不妨。他原说另有能人来哩。"钟仁道："爷们休如此说。靳公公门下，九流三教、稀奇古怪的人少也要拿米数儿数。我们怎样想个法儿到州县多起些兵快，护送前去方好？"几句话说得卫士闭口无言，满面惧色。文白道："死生有命。靳直那厮要的是我，与各位无涉，只顾放心前进便了。"文白打发众人散去，吹灯上床，右手持刀，左手按膝，闭目而坐，暗想："那刺客面貌很熟，是在何处见过。"想了一会，忽然笑道："是了。前月中在河间府店里见过他来，可惜问不及姓名。"懊悔不已。

次日宿蓟州。第二日至沙河驿下店。文白睡了一觉，起来方及点灯。吃了晚饭，抽占一课，文白知道今夜必有斗杀之事，因暗嘱卫士："速备绳索挠钩，在屋中黑暗无月色处埋伏，夜里听得房中声响，有人逃出，即便擒捉。"卫士似信不信的，与兵役、店家预备去了。文白在房，放开铺盖，把衣服坐具打束人形盖放被内，另取一双鞋子安放床前地上，将窗关闭，一手把着宝刀，侧身蹲立暗处，眼睁睁地看着外面。一更以后，万籁无声。文白想起母兄妻妾，不觉泪下，恐惧悲伤了一会，二更将近。月出东山，屋内西窗已有月光。窗眼内，文白瞥见一人站在外层屋脊之上，情知是了，将手中刀一紧，站定步儿，见屋脊上又探出两影。先前那人早落下来，扯开窗户，侧身而入，径奔文白床前，把手中刀往床上尽力砍下。那屋上早又飞进两人。文白口中起个霹雳，照着先进步的砍一刀去,那人叫声"啊呀",往后便倒。床边那人急掣转身,文白就地一滚。那人见不是势头,急飞身平纵出窗。文白半中间直跳起来,一刀剁去,早剁着左脚骨。那人大喊一声,平倒下地,就如天崩地塌一般,震得屋柱兀兀而动,梁上的尘土直扑下来。文白看得亲切,那人才待挣扎,手起一刀,头已落地。后一人见先进两人失利,不敢进步,飞步上屋。早被埋伏的人挠钩、套索、镰刀、绑绳齐上,平空的拉得倒挂下来。文白把先砍伤的一个擒住。众人乱做一堆,七手八脚,绳穿索绑,出火照看。方知两个活的是道士,一个死的是和尚。文白动手,重复绑好,把刀指定,喝令实说:"同伙还有何人?"却是两眼不住地看着院中屋上。两道士齐说道:"只有三人,更无别伙。"文白情知是实,低头看见道士大腿上着的一刀,虽是侧闪,便已削去半腿皮肉,鲜血淋漓;和尚的脚骨平截两半,头落在地,伶伶俐俐的,连一丝皮肉都不牵带。火光之下,看那口刀,血染银钩,宝光腾焯,不曾缺半点锋芒,文白叹道:"若不是这宝刀,今日还费周折。红须义士,助我不少矣。"再细看那道士面貌,饶有福相,并无奸诈。忽起一念,摒退从人,仔细推问。才知那两个道士,一个叫于人杰,一个叫元克悟。那和尚法名性空,俱是靳直差遣来刺文白的。那和尚是少林寺出身,皈依国师座下,有万夫不当之勇。文白因复挑灯细照,见那和尚的头额有巴斗大小,连腮夹脑,纯是虬筋蟠结,浑身缠着钢片铁片，刀砍斧斫，焉能伤损？提起宝刀，将血污展拭，越看越爱，越爱越看，不忍释手。文白看了一会，这才收入鞘内，一面推问二人。元克悟慌忙道："这回原是差小道两人来的。国师不放心，说是红须客都跑了，必得性空同去，方万无一失。不料反被文爷杀了。"文白急问："红须客姓甚名谁，系何处人？"人杰道："那红须客飞檐走壁，来去如风，行无定踪，住无定处。常在京南一带地方，杀人游戏，却不知他姓名。"文白解去二人之缚。二人忙叩首道："我二人感蒙文爷不杀之恩，无以为报。若有使令，赴汤蹈火，在所不辞。"文白道："你们是真心吗？"二道齐设誓道："若有半句虚言，死于乱箭之下。"文白双手扶起二人，亲自送出店去，珍重而别，然后与押解官商议报官。府县官惊得魂出，慌赶至店。文白将本末根由告诉明白。二人目瞪口呆，罔知所措。文白道："公祖父母，不必着忙。情节自应诉明，根究原可不必。只须录取口供，叠成文卷，说不识姓名僧人于三更行刺，惊觉本人，格斗身死便了。"府县连连打拱称是。于是检验录供，要凶刀贮库。文白借卫士一把刀交贮，把这口宝刀佩在身边，顷刻不离。当下天已大明，文白等赶行百里。日尚未西，已到抚宁县。文白向铺中买还卫士腰刀，又叫铁匠赶造一百支铁弩。当下过关住宿，次日早行。文白等上马，走不几里，只见两匹马在后出着辔头，如飞而来，一直跑过去了。又走了几里，背后铃声响处，跑下一二十匹高头骏马,马上都是彪形大汉,把文白等一行人估量而过。走不多路,后面尘土起处,又跑下二三十个大汉,飞拥而过。解官、卫士、兵役人等,见跑过的人各带器械,一齐叫苦道:"文爷,这光景不妙,如何是好?"文白道:"我也知道,却是没法。且到前面再处。"众人怀着鬼胎,挨排行去。到了高林驿打尖,便要住下。文白不肯,众人只得再行,走出村子,见前面尘土蔽天,仔细看时,却是去的人马。文白道:"那不是头里见过的几起吗?我们不走,他们也就不走哩。"众人愈加着慌,走了有三四十里,到一高岗之上,望见道东平洼之处,树木之中,炊烟大起,直透入山岚中去。文白指点众人看过,催着赶路,要赶至东关驿住宿。众人都不肯,道:"人倦马乏,天色将晚,我们心胆俱碎。前面店家中所不歇,再赶五十多里,前半夜又没有月亮,黑暗遇着歹人,死也不得明白哩。"文白道:"就不得到。宁可在野路中宿,这中所是断宿不得的。我们把马慢慢行去,一到中所便加鞭疾走,任他店家苦拉,只是紧着鞭杆大打将去。只要跑得脱,就有性命了。"众人都不肯信。文白道:"方才那些布置都在中所结穴。我们出其不意抢了过去,他们就追来,已不能齐,也且失其所恃了。我们若宿中所,正如猛虎踏着窝弓,有个脱身的道理么?"众人方才省悟,依计慢行,一进中所便有许多店家跑出街上,拦住马头不放前进,嚷道:"日头没了。前去又没有宿头,爷们还不下店。"卫士们提起鞭杆,一顿狠打,才打开来,走不多路。一个店里跑出五七个大汉,齐把缰绳拉住,说道:"前边没店,歹人又多,爷们便打也是不放过去的。"卫士们一齐搠打,都被劈手夺住,把马平掀过来。文白急得缰绳一提,在兵役手中抢过一条棍子,照着大汉手腕连打几棍,齐叫"啊呀",放手不迭。卫士们加上几鞭,如飞赶出村来。

文白在后押着,跑不上二三十里路,道东早拥出一队人马拦住去路。文白把马一提,直冲上前。前面大声唿哨,箭羽乱发,往文白头面直搠将来。文白拔出宝刀,一连几格,纷纷落地,随手发出铁弩,当先几个强人都冲下马。文白冲入队里,刀砍弩发,又伤了五七个,其余一二十人被文白一搅,赶得四分八落,乱滚而散。

文白招着卫士们,放开马蹄,一口气跑了三十余里。天已大黑,迷路难行。文白拍马在前领路,行近一个大林下马,走入林中,席地而坐,卫士等歇息稍定。文白道:"如今且起些火来,待我摆布。"众人身边带有火种的,便四下抹些落叶败草,生起火来。文白定了方向,向各方抓些泥土,在林内布起先天八卦,令众人俱在西方坎位上坐定,不许移动,走出林外,布起后天八卦;又在外一层按着青龙等六神,布设六戊,在戊辰上领着生气,直入后天乾金,接向先天坎水。文白把马都牵到落西系好,拨灭了火草,走到众人边上,按刀而坐,说道:"少刻,贼人必追下来,切勿惊慌嚷乱,任他逼近林外,只是安坐,不可出声。"停了一会,陆续来了几队人马,众人浑身发抖。等到人马穿林而过,众人心才略定,打了一会盹。忽然过去的重复跑转,嘴里说:"敢是上了天了,东关驿也没个影儿。"须臾两头人马,往来驰骤,络绎不绝。众人重复吓起,屏着气,鼻子里也不敢通一线风儿。半夜将过,东方月出,照得林子里透亮。哨探的越发多了。忽见一队人马,在林边道上,勒住马说道:"记得这里有座大林,怎昏沉沉的不见个影儿。莫不弄甚法儿,躲在这林子里么?"众人听了,只叫得苦,急欲出去逃命。文白喝道:"一步也动不得,出去便是送命。"众人便不敢动。只见一队一队的人马齐齐整整陆续而来,中间拥着一个金刚也似的长大汉子,到林边细细看了一遍,笑道:"不过是障眼法儿。孩子们,大家动手。"后队里便拥出一彪人马,各出火器,一齐施放,都是些火龙火鼠、火鸦火把、火炮火箭、火线火球往林子里纷纷滚滚,直窜过来。其余各队俱挽起雕弓,一声呐喊,箭如飞蝗。吓得林子里押解、员役、卫士人等口中牙齿捉对厮打,浑身抖战不摇自颤。哪知文白等正坐坎宫,火为水制,金反生水。箭岂能伤,火焉得害,俱向外纷纷落地,火焰熏天,连那些箭杆翎毛烧得毕毕剥剥,且是热闹好看。众人拤舌惊诧,眼睁睁地看着文白,疑鬼疑神,气的那长大汉子暴跳如雷,呆看一会,嗯哨一声,收兵疾走,霎时去尽,不留一个。众人大喜道:"文爷好法术也!明日放心前去。哪怕他千军万马,也不要紧。"文白笑道:"我哪有法术,不过五行生克之理。静以制动,且在昏夜,侥幸成功。明日须要出头露面,脚踏实地而行。终不然真是鬼怪,可以隐形而过的哩。你们不必喜欢,也不须苦楚,凭各人本事,听我调度便了。"大家此时肚中已饿。各人拿出所带食物,文白拿来分开,一人一份,顷刻吃完。看那月色已是中天,光都淡了,东方也渐渐发白。文白把各方上泥土收拾开去,解下马匹,就着林内林外咬些草根。一行人赶上大道,不一会到了东关驿。众人要打尖,文白道:"宁可忍饿,休着他道儿。饮食内多分被贼人下了药,吃了便都是死数。"几句话把众人吓住了,拍马再走。走了几里,那马因饿得慌了,再走不上。文白远远望见一堆柴草,说道:"好了。那不是救这些马的命的么?快赶到那里买去。"那马一似懂得说话,摇头摆尾,直蹿的往前去了。看看至近,文白叫声"啊呀",把马勒住,后面的马早跑过几匹,将草乱抢。文白的马十分要吃,因被文白神力所勒,不能上前,两眼滴泪,哀鸣不已。文白道:"畜生!我岂不知你饿,但草已下毒,食之即死,何苦为嘴伤身?"卫士们见文白勒马不许食草,也便紧勒缰绳,却不信有毒,问:"何以见得?"文白道:"我只认此处住有人家,故欲向买。今见四面荒原,杳无人迹。此草从何而来?其为贼所留,毒我马匹可知。"众人方才慌了,用力将马打开。走不到半里,那吃草之马已滚倒在地,不能活命了。卫士吐舌道:"文爷说饮食内下了毒,我们还不信。如今看来,好不怕人。"众人检点,死了五匹马,两匹是驮行李的,三匹是骑的马。文白一行人,原是一员解官,一名跟役,四兵四快,两个卫士,连文白共是十三人。当即挑去三名老弱,令其分带行李,在后慢行。其余九人跟着文白前进。此次出险,宝刀之功不小也。

能仁寺

国韵小小说

能仁寺

话说清朝雍正初年,邳州河工州判姓安名学海,满洲人,为人正直无私,不解钻谋奉承,因此不合上司河台之意,将其调署高堰外河通判。偏又高堰水涨,把河工塌去一百余丈。河台即借此端,诬其修工不坚,令其戴罪赔修,发交山阳县看管。夫人安太太闻信,吓得焦急万状。有一公子在京家中读书,未随任所。此时安公只得写信令人进京,命安公子变卖田宅赔修。公子接信后,万分着急,一夜未睡。次日急急变产,凑了二千四五百金,带了一名跟随,姓华名忠,雇了两个骡夫,即日骑骡动身,前往救父。

一日,走到茌平土站。忽然,华忠患起病来,不能前行。公子焦急万分。华忠云:"公子有要事,不能等我。此处茌平往南叫作二十八棵红柳树,该处有我一个妹丈,姓褚名一官,跟他师父住在邓家庄。公子替我写一信给他。公子明日就可带了信起身到茌平,那里有一座悦来店,先住下。将信送去,令其先送公子到淮安。待我好了,随后赶来。"公子听说道:"只得如此。"次日,别了华忠,带了两个骡夫,往南走到悦来店,便取出那封信,又拿了二吊钱,交骡夫二人道:"你等往二十八棵红柳树,请褚一官快来。千万不要误事!"这两个骡夫,一个叫苟傻狗,一个叫白脸儿狼。二人接了信,走到一土山。白脸儿狼说:

"我们歇歇罢!"苟傻狗说:"还有二十里路,你就乏了?"白脸儿狼道:"你真把信替他送去?"苟傻狗说:"接了他钱,如何不送?"白脸儿狼道:"二三吊钱,你就眼饱。有本事把他二三千银子搬过来,还不领他的情。"正说到这句,只见一人骑着一头黑驴儿,从路南慢慢地走了过去。驴上那人把马缰绳往怀中一带,就转过山坡儿过山后去了。那苟傻狗接着问白脸儿狼道:"你才说告诉我什么巧法?"白脸儿狼道:"这话可不传第三人! 也不是我坏良心来兜揽你,因我们是一条线上的人。"苟傻狗道:"依你如何?"白脸儿狼说:"依我回来到店,把他骗上了。不走二十八棵红柳树,往北奔黑风岗。等到岗上,把他向山涧一推,这银子、行李就是你我之物了。"二人商定,不送信去,复回悦来店。

　　那安公子打发骡夫走后,在店吃饭,一时闷上心来,惦着华忠,不知好否?骡夫去了半天,不知褚一官能来否?自己又不敢离开此处。安公子正在盼望,只听得外面嘚嘚的一阵牲口蹄儿响,便算定是骡夫回来了,忙忙出了房门,站在台阶下等,只听得牲口蹄儿越走越近,一直骑进穿堂门来。安公子看了看,才知不是骡夫,只见一人骑着匹乌云盖雪的小驴儿,走到当院,那牲口站住,她就弃镫离鞍下来。安公子留神一看,原来是一个绝色女子。只见她艳如桃李之中,却又凛如冰霜,对了她,晃得人胆气生寒。安公子忙退进房,回头一看,见她头上罩一幅元青绉纱包头,两个角搭在耳边，两个角盖在脑后，身穿一件青粗布衫，盖着两手，裤子不卷，脚穿蓝尖头绣花弓鞋。安公子心想："我从来怕见面生的人，却也见过许多少年闺秀，从不曾见这等一个人，弄成如此打扮。是何缘故？"一面想着，转身将门帘放下，朝着帘缝望外又看。那女子下了驴儿，把缰绳搭在鞍头上，鞭子往鞍桥洞内一插。那店中跑堂的从外进来，就往西配房一让，此房正对自己住房。又听跑堂的说："这牲口拉到槽上喂罢！"那女子说："不用。你替我拴在窗根下。"跑堂的回身，拿了脸水茶壶，放在桌上。那女子道："把茶留下，别的一概不用。"说罢，进房去，先将门帘吊起，坐在椅上，一言不发，呆呆地对这边望。

安公子想道："这女子颇觉奇怪。独自一人，没有男伴，没有行李，一定是看道路的，做强盗的。等我把门关上。"谁知那门关上又开了。向帘缝里一望，见那女子对着这边冷笑，公子道："不好！她准是笑我呢。只是这门又关不住，如何是好？"一眼见东首放着一块大石："不如把此石搬来顶住门，连夜晚都可放心。"随即走到院子当中，对着穿堂门外找跑堂的，可巧见他靠在窗台上歇腿。公子朝他招一招手。跑堂的道："你老要开水？"公子说："不是。烦你把此石拿到我房内去。"跑堂的道："这东西有二三百斤，我拿不动。"公子道："你叫打更的拿，我给钱。"跑堂的叫两个更夫，一个走来把石踢了一脚，那石丝毫不动。一个说："非拿锄头把根掘起来不行。"便去拿了锄头、绳杠来了。

只见那个女子款款地走到跟前，问道："你们做甚？"跑堂的道："这位客人要用此石，替他搬进去。请站开，小心碰着。"那女子道："搬这块石头，何至闹得马仰人翻。"一更夫道："这家伙如何搬得动？"那女子对石一看，有一尺多高，二百多斤重，对更夫道："你们走开！"她先挽袖子，把青粗布衫往旁一掀，两只手靠定石头，只一撼，又往前一推，那石头就拱起来了。看的众人齐声喝彩。那女子回头向公子道："尊客，此石放在何处？"公子道："有劳放在房内。"那女子一手提石进门，轻轻把石放下，把身上土拍了拍，回身靠桌坐下，说："尊客，请房里坐。"

安公子一见，心里道："怕她进来，她反坐下。"欲不进去，一想银子、行李在内，只得进房，向女子致谢。那女子也还了个礼道："尊客请坐！请问上姓仙乡何处？看你不是官员，又非买卖。究竟有何要紧之事？不带一人，就这等孤身上路。"公子说："我姓安，乃保定府人，到河南去打算谋馆。有个家人在后病了，随后就来。"那女子冷笑说："你说是保定府人，你乃京都口音。你说往河南去，如今走的乃山东大路。你又说去谋馆，世间哪有带二三千银子去谋馆之理。你说有一家人在后，此句倒是实话。"一番话把公子吓得闭口无言。又听女子道："我请教你，要这块石头何用？你分明误认我的来意，负了我一片热肠，只怕你前程自误。"

安公子听了一想:"我原为保这银子,欲救父难。如此看来,连我性命都要不保了。"只急得痛哭起来。事到其间,不得不说实话,安公子只得向那女子道:"我姓安,名骥,由京而来。因父犯罪在监,自己变产救父。家人卧病,只剩自己一人。"从头至尾对那女子哭诉一遍。那女子不听犹可,听了只见她面上现出一团杀气,那眼泪在眼眶内乱转,只不好哭出来,向安公子道:"你原来是个孝子!你如今穷途末路,举目无亲。你请的褚一官,他万不能来,你不必妄等。我既出来多事,定保你人财无恙,父子团圆。此刻我尚有些小事,必须亲走一趟。我早则三更,迟则五更,必定回来。你两个骡夫回来,无论如何说法,你千万不要听他。等我来再走。要紧要紧!"说着叫店家拉过那驴儿骑上,说声:"公子保重!"一阵电卷星飞,霎时不见踪影。

却说那女子搬石头时候,众人便都诧异,及至和公子攀谈传到店主耳中。那店主是个老经纪,见那女子行踪古怪,公子又年轻,便走来问公子道:"那女子是否认识?一路同来的?"公子说:"我连她名姓都不知。"店主说:"我看那女子有些邪气。如有差失,都是店中干系。你不如早走为是。"公子说:"叫我一人怎走?"店主往外一指道:"那不是骡夫回来了。"那公子连忙问:"见着褚一官没有?"骡夫道:"好容易找着。他家内有事,不能来,请你亲去。"公子便忙收拾行李,带了骡夫去了。

这女子到底是何等之人？且慢说她姓名。从幼学得武艺高强，因她心中有一腔恨事，激成个脂粉英雄，抑强扶弱，好打不平。因过土山，听骡夫商量伤天害理，她动了义愤，即到店见公子，借那石头搭话，晓得乃一孝子，想救他这场大难，故临行叫等她来再走。却说骡夫引公子往北而行。见那路崎岖不平，没有村庄人烟，公子有些怕起来了，便说："如何走到这荒僻地方来？"白脸儿狼说："此是小路，过了山冈，就见着二十八棵红柳树。"行了一程，到了黑风冈山脚，白脸儿狼对苟傻狗说："你照应行李，我先上冈去看看。"正走间，路旁老树枝将骡眼撞了一下，将骑上之人掀了下来。那骡子顺山脚跑了，还有两匹骡也跟了下来。白脸儿狼见骡跑了，他爬起来就赶，草帽也落了，一直赶到一座大庙。公子抬头一看，山门上写"能仁古刹"四个大字，东边墙上挂一木牌，上写"本庙安住行客"，下坐一和尚卖茶。公子便问："到二十八棵红柳树还有多远？"和尚道："往南去才是。今日不早，山上有老虎吃人，前去没有饭店。今晚在庙住下，明日再走不迟。"说着把钟敲了三下，由内走出两个和尚，向公子道："庙内现成茶饭，明日随心布施。"公子尚未答应，那和尚不由分说，把驮行李骡子拉进门去。这和尚便引公子进去。和尚帮着卸行李，觉得沉重，对那一个道："你告诉当家出来招呼客。"

只见从东院出来一个胖大和尚，上前打个问讯道："施主辛苦,请东院内坐。"说罢将公子引进坐下,和尚在下相陪,叫小和尚倒茶来。一时茶罢,端上饭来,胖和尚向公子道:"施主,这里是苦地方,没好吃的,请饮杯素酒。"公子端起来举一举,就放下了。胖和尚站起来,又斟一杯。公子说:"勿斟!我是天生不能饮的,抵死不敢从命。"一时匆忙,说时无意一推让,和尚一失手,将杯子掉在地下,泼了一地的酒,忽然冒上一团火来。胖和尚登时翻脸说:"我将酒敬人,并无恶意。你好不懂交情,把我酒泼了。"说着伸手拿绳子把公子推向柱上捆了。公子道:"师父不要动怒,我喝酒就是。"再三哀求,那和尚总不理他,手拿一把尖刀说道:"我乃赤面虎黑风大王,因今日有事,不曾出去。你既上门,给你药酒喝,你抵死不喝。我看你心有几个窟窿?"说着,把衣扯开,把刀对心窝刺来。忽见一道白光从半空中扑来,他一见就知有暗器,正要躲开,一个铁弹正打在左眼上,"哎呀"一声便倒。公子吓得魂飞魄散,等苏醒过来,一看自己捆在柱上,和尚反倒在地下死了。他口内连称怪事,话还未说完,只见半空一片红光一直飞到面前,定睛一看。原来是一个女子,头上罩一方大红包头,从脑后兜向前,在额上扎一个蝴蝶扣,身上穿一件大红小袄,腰系一条大红汗巾,下面穿一件大红中衣,脚蹬一双大红羊皮平底靴子,左肩挂着一张弹弓,背上斜背着一个黄布包袱,满面杀气,回身一脚,把和尚尸首踢开,手拿尖刀奔向前来。

安公子说:"我今番性命休矣!"那女子便用刀将绳割断,向公子道:"走!"安公子一看,原来是救他来了,即望她流泪道:"我一步也走不动。"那女子便伸手去搀,想男女授受不亲,忙将弹弓褪下,向安公子道:"你两手攀住这弓,就起来了。"安公子说:"我这大的人,这小小弓儿如何擎得住?"那女子说:"你且试试看。"安公子果然用手攀住那弓。那女子左手把弓靶一托,右手将弓梢一按,轻轻地把安公子钓了起来,即走进房去。安公子跟他进去,便双膝跪倒,问道:"你乃何人?来救我大难,望你说明。待我父子团圆,报你大恩。"那女子笑道:"方才同你在店谈天,又不隔十年八年,你就认不得了。"公子听了,再留神一看,道:"原来是店中相遇的那位姑娘,我也吓昏了。"

　　只见她把弹弓挂在墙上,把包袱往炕上一掷,伸手在衣底拿出一把雁翎倭刀来,指定炕上包袱道:"此包万分要紧,交你看守。少刻院中,必有一番大闹。你不许出声。"回头一口将灯吹灭,掩上了门。她却倚在门旁,望着外边。此时远远两个和尚走来,说道:"师父就吹灯睡了?"一抬头,见墙角躺着一人,走上前一看,乃是师父,诧异道:"是谁弄死了?"正说着,只见门旁蹿出一人,把二人吓了一跳,一看是个女子,因上前问道:"你是谁?"女子道:"我是我。"和尚道:"我师父谁弄死了?"女子道:"他弄死人,我弄死他。"和尚听了这话,伸手就奔那女子去。只见女子喝道:"贼东西,看刀!"霎时,两个和尚俱杀死。只见外面又来了五六个和尚。那女子跳上前去,指东打西,指南打北,打了个东倒西歪,一个个都打倒在东墙角,翻着白眼出气。那女子冷笑道:"这等没用东西,也来送死。我且问你,你庙内照这等没用的,还有多少?"言还未了,只听脑后道:"不多,还有一个。"

那女子忙回转身来,见一虎面行者,手拿禅杖,直照顶门打来。那女子眼明手快,拿刀架住。他两个来来往往,吆吆喝喝,斗得十分好看。那女子斗到难分难解之处,抬起右脚,向行者胸面前一踢。他立不稳,仰面朝天倒了。

那女子片刻之间一共杀了十个人。女子笑道:"这才杀得爽快。不知房内这位小爷吓得是死是活?"说着走到房门前道:"公子,如今庙内和尚都被我杀尽。你看好包袱,我向各处走一转再来。"先往厨房一看,灰棚下卧倒二人,乃是骡夫,心肝五脏都掏去了。行李堆上放着一封信,上写"褚宅家信",随即拿来放在怀内。她就到厨房向灶边寻一根秫秸,在灯内蘸了些油点着,回到禅堂,进房先点上灯。

那公子道:"姑娘,你回来了。这包袱交还你。"那女子道:"如今大事已完,我有万言相告。"只见她靠桌坐下,手按倭刀,说道:"这东西与我无干,却是你的。"安公子道:"分明是姑娘交我看守的,怎说是我的?"那女子道:"方才在店内,你说令尊官项须要五千金。你只有二千数百金,那一半又在哪里去弄?万一上司逼得严,依然不得了事,那时岂不负了你这千辛万苦。所以我从店中别后,便忙赶到家中,把今夜不能回去的缘故禀明母亲;一面换了行装,就到二十八棵红柳树找一位老英雄,暂借三千银子了你这件大事。他听我说借,就立刻盘出来,问我送到哪里?我说替我捆扎好,就拴在驴儿上带去。他说如远处用,这东西累赘,路上带着不便,有现成金子带着,岂不简便。我听他说得有理,就拿了二百两金子,大约也足三千银子。你好好收了。"

那公子承这姑娘的情,保了资财,救了性命。这番深心厚意宛转成全。此时不知如何谢她方好,他只得向那女子道:"我安骥真无话可说了。自古大恩不谢,你叫我今世如何答报?"说着痛哭起来了。那女子道:"公子,你且住悲啼。不须介意。要知天下资财,原是天下公共的。即如这三千金全了你一片孝心。我已说过,一月还他,又不白用他的。"安公子听了,连忙站起来道:"我安骥只为自己没眼力,没见识,误信人言,自投罗网,被那和尚绑在柱上,要取我的心肝。若不亏姑娘前来救我,再有十个安骥,此时也活不成。我却不知姑娘因何来救我?更不知一直赶到此地来救我,此恩终身难报,还求你说个明白。再求你留下名姓,待我替你写个长生禄位牌,香花供养。你的救命深恩,再容图报。"

那女子道:"幸而我来救你,不然你有三条命也没了。你那图报的话,倒可不必提。若问我来历,不妨告你。"说着长叹一声,眼圈一红道:"我姓何,名玉凤。我父曾任副将,因我身上的事得罪了上司。他就参了一本,将我父革职下监,以致父亲一气身亡。那时仗我这把刀、这张弓不是报不了仇。只因上有老母,下无兄弟,父亲既死,仗我一人奉养老母。万一机事不密,我有个不测,母亲无人养赡,因此忍了这口恶气,奉母避到此地,靠着这把刀、这张弓找些钱养母。我的话说完了,要请教你。我临别再三嘱你,千万等我来再走,你到底不候着我回店。如何会走到这庙里来?"安公子听了这话,惭惶满面,说道:"我在店听了姑娘的话,半信半疑。原想等褚一官来,再作道理。那店主走来说了许多混账话,我益发怕起来。正说着,骡夫回来了,说褚一官不能来,请我今晚往他家去住。我一时慌乱,就匆匆而走。将上那座高岭,那骡忽然一惊,就跑到此庙。不亏两个骡夫保护,不知跑到哪里才止?正所谓'飞蛾投火,自取焚身',我安骥真愧悔无地。"

何玉凤道:"你也晓得后悔!你不但不曾认清我这番好意,你连那骡子都辜负了。听我告诉你,你说的那惊跑的骡子正是你的救命恩人。你感激的那两个骡夫倒是你的勾魂使者。我今日偶然出来,不想走到山前,遇见两个人在那里说话道:'咱们有本事把他二三千银子搬过来。'"如何不到二十八棵红柳树送信,如何把他推落山涧,拐了银子逃走的话,说了一遍。安公子听了,才如梦方醒,说道:"姑娘,我竟要借你倭刀,把那两贼人碎尸万段,消我胸中之恨。"何玉凤道:"这件事不劳费心。方才那和尚把他心肝都取了。你要不信,给你个凭据看。"说着怀里取出那封信,递给公子。公子一看,果然是交骡夫的那封信,连道:"有天理。"何玉凤接着又道:"不想我在店里与你别后,把事情弄妥了,赶回店来,你倒走了。我问店家,推说不知去向,及至问得他无话可支,才说,两个骡夫请你到褚家庄去了。我听这事不好了,他既不曾到褚家去,可要骗你上黑风岗去。我顺这条路赶来,月光之下,见一顶草帽放在路旁,所以直寻到这庙里来了。我的话就此说完了。"安公子连称感激不尽。此系何玉凤在能仁寺内救安公子的一段故事,就此完了。至何玉凤后来如何情形及安公子后来如何救出父难,这都是些后话。恕不唠叨了。

梅花桩

国韵小小说

梅花桩

话说清朝乾隆年间,广东高要县孝弟村有一富翁,姓方,名德,娶妻苗氏,名翠花,生有一子,取名世玉。自世玉满月起,先用铁醋药水周身洗浸,次用竹板、柴枝、铁条次第换打,使其周身筋骨血肉坚实如铁。世玉自幼苦练,到了三岁时,头戴铁帽,脚着铁鞋,学跳过凳,慢慢加高;六岁扎马步;七岁开拳脚;八岁学军器;至十四岁,十八般武艺件件皆精,力大无穷,性情又烈,专打不平。

一日,方翁要往杭州收账,带了世玉同行。在船非止一日,已到杭州。父子二人雇人挑着行李,望广东会馆而来。来到会馆门首,着人通报馆内同乡好友陈玉书。玉书一面着人献茶,一面指点手下人将行李安放在上等客房之内。床铺均是现成,不到一刻工夫均已安排妥当,出来重新见礼,坐下细谈。玉书问:"为何许久不到敝处?贵号生意好否?同来这位小孩子又是何人?几时动身?"方德一边答应,一边回首叫世玉过来拜见叔父。玉书急忙还礼,说道:"不知哥哥几时添了这位英杰侄儿,深为可喜。"方德就将家乡诸事谈了一番,随问玉书道:"近日光景何如?"玉书道:"近日此地有一外来恶棍,姓雷名洪,甚凶猛。在清波门外,高搭一座擂台,摆得十分威猛。因在本处将军衙门做教头,请官府出了一张告示,不准暗带军器,空手上台比武,格杀勿论。擂台对面有一官员带着六十名兵卒弹压,不准滋事。台下左右有他徒弟三百名,拿了枪刀,在旁守护。台中间挂一匾额,写着'无敌'二字;两旁有对联,写的是'拳打广东全省,脚踢苏杭二州'。自开此台,今将一月,不知伤了我多少乡亲。"世玉在旁听了这番言语,气得二目圆睁,带怒上前说道:"明日待孩儿打死这雷洪,与各乡亲报仇便了。"方德喝道:"黄口小儿!乳牙未退,敢夸大口。"当下世玉忍了一肚子气,回房安睡,翻来覆去,总睡不着。

到明日一早,方翁出门收账,带了家人李安前往,因怕世玉出门闯祸,将房门由外锁了,佩着锁匙而去。世玉候父亲去了,就从窗上跳了出来,带了防身九环剑靴,镶铁护心镜,结束停当,外用衣服罩了,袖中带一双铁尺。世玉出了会馆门,一到清波门,就看见擂台;又见擂台对面搭着一座彩棚,当中设了一张公案,是弹压委员坐的;棚下约有数十名兵丁,擂台左右前后有数百门徒,手提枪刀守护。世玉看完,早见教头已到台上。世玉即将身一纵,到台中摆一路拳势,叫作狮子大摇头。雷教头就用一个猛虎擒羊之势,双手一展,照头盖将下来。世玉不敢迟慢,将身一闪,避过拳头,往他胯下一钻,用一个偷梁换柱之势,就将他顶下台去。教头见他来得凶,也吃一惊,急忙将双腿一剪,退在一边,就势一拳,往世玉头上打了下来。世玉也忙避开。此时二人搭上手,一来一往,一冲一撞,一大一小,一高一矮。看看走了一百多路的拳势,有二百余个照面,一场大战,并无高下。台下的众人齐声喝彩道:"这个小孩子十分本领!"就是雷教头也见他全无一些破漏,心中暗暗称赞,略一慌,手足就慢了。此时,反倒有些招架不及,说时迟,来时快,早听一声响,左脚上被世玉打了一九环剑靴,鲜血淋漓。幸而身体强壮,尚可支持。世玉见他着伤,心中一喜,越发来得势猛,一连在他肋下踢上两脚,筋断骨折。雷教头大叫一声,跌下台来,一命呜呼。台下四面八方的人声声喝彩。他手下门徒知道世玉厉害,不敢动手,即刻将师父抬回馆中,报知师母去了。却说方翁、陈玉书及广东全省乡亲起先闻得世玉与雷教头比武,均已赶来。今见将教头打败,众乡亲均皆大喜,一路鼓吹花红鞭炮,请世玉骑了高头骏马,一同方翁众人等回至会馆。大开中门,聚乡亲摆酒庆功,庆贺方翁父子,都极口夸赞:"方老伯有此一位少年英雄儿,一则为广东人出气,二则为本地人除了大害。此番功德实为无量。"于是你一杯,我一盏,将酒轮流敬上。方翁父子一面谦逊,一面方翁着世玉回敬各人。

再说雷教头妻子李小环正在武馆闲坐,忽闻外面人声嘈杂,已将教头尸首抬了进来。各徒弟就将被方世玉打死情形细说一番。李小环闻言痛哭,大骂方世玉:"我与你有杀夫之仇,势不两立。"哭罢来尸前观看,只见丈夫满身血污,是九环剑靴所伤,更加凄惨。小环急将自身装束齐整,穿了双飞蟠龙钉靴,约齐手下门徒,白旗白甲,带了军器,飞奔擂台,一面差人约方世玉来比武。世玉闻报,禀知父亲,随将各乡亲送的盔甲名马,新买护心宝镜,披挂齐备,带了广东各英雄,各拿枪刀,自己手提铁棍,一班人同赴擂台。小环一见世玉,就想即刻把他吞在肚内,方泄此恨。世玉也不敢迟慢。二人摆开拳势,只见左一路如大鹏展翅,右一路似怪蟒缠身;前一路杀出金鸡独立,后一路演就狮子滚球。龙争虎斗,大战台上,难分难解。小环防世玉先下手,就将双脚一起,一脚双飞蟠龙脚,照着世玉前心,打将过来,把护心镜打成粉碎,靴尖打入胸旁乳上,鲜血直流,跌下台来,十分伤重。幸有护心镜挡了一挡,心窝尚未着伤,当下各乡亲将他救回会馆,死而复生者数次,吐血不止,命在垂危。方翁说道:"必得他母亲到来,方能救得。"就写信即刻着家人李安带信飞马接苗氏前来。

当下翠花接信,细细盘问李安,急将行李衣物、跌打妙药包做一包,叫李安背上。自己全身装束,手提梨花枪,飞身上马,望着杭州赶来。苗氏一到杭城,进入会馆,就来看视孩儿,取出妙药,外敷内服,果然神妙。顷刻之间,肿消痛止,伤口渐平。世玉醒了转来,看见母亲,双眼流泪,大叫:"娘亲,务必与孩儿报仇!"苗氏安慰世玉道:"你且安心调养,为娘自有主意。"随即命人通知小环,叫她明日仍到擂台比武。世玉到了明天，胸前筋骨已经好了八分，所欠者生肌长肉，未能平复耳。此时夫妻二人才始放心。

当下母子二人全身装束，内披软铠，将护心镜藏于胸前，小剑靴穿在足上，上马提枪，带齐随从人等，直奔擂台而来。小环已经在擂台守候了。苗氏就双足一点，上了擂台，开一个猛虎擒羊势，扑将过来。小环忙用一个解法，叫作双龙出海。彼此搭上手，大战二百回合，难分胜败。斗到天晚，各自归家安歇。

再说有一白眉道人首徒李雄，诨名巴山，是日因到杭州探望女婿雷教头。小环对父哭诉冤情。李雄大怒，即时亲到广东会馆，招寻苗翠花上台比武。翠花见是师伯，忙即上前赔罪，再三恳求。李雄执意不许，定要世玉上台。只得约以半月，俟孩儿伤愈，再求领教。李雄权且应允。

翠花想孩儿断非师伯敌手，只得亲到福建，面求五枚师伯，拜倒在地。五枚扶起，细问因何到此。翠花就将雷教头摆设擂台起，至李雄要报仇止，细说一番。"恳求大师伯大发慈悲，下山搭救世玉孩儿一命。"五枚说道："出家人自归隐以来，拳棒功夫，久已抛荒，就去也不济了。"翠花闻他推却之言，吓得两泪交流，十分悲切，再三哀求，始得五枚应允。苗翠花大喜。五枚随即收拾行囊衣履，提了禅杖，骑了驴子。翠花也跨上马，一齐望杭州来，赶到广东会馆，恰才半月。当下方家父子带领各人拜见五枚，其时世玉身体已经复原。翠花十分欢喜,即着人去约李雄父女明日擂台比武。

到了次日,翠花侍候五枚结束停当,命世玉提了铁禅杖,自己也披挂整齐,各人上了坐骑,带着一班乡亲,齐奔擂台而来。到得擂台之下,五枚跳下驴背,用一个金鸡独立式,双手一展,一足飞上擂台。此时李雄已经早到擂台中,专候方世玉到来,代女婿雷洪报仇。出其不意,忽见一个老年师傅,约有九十岁,童颜白发,身高七尺有余,腰圆背厚,头大如斗,拳大如钵。李雄仔细一认,识得是白鹤山五枚,是红眉道人的首徒,连忙站起身来,将手一拱道:"师兄请了,不知驾到,有失迎候。禅驾到此,意欲何为,莫非要与小弟比武不成?"五枚也忙还礼说道:"贤弟,出家人到此,非为别故,特有一言奉劝,可容纳否?"李雄答道:"师兄有话,请道其详。如果有理,无不听从。若不公道,断难遵命。"五枚道:"出家人自归隐以来世情一切付诸度外,岂有特来与贤弟比武之理?只因前日到杭,闻得令坦恃贤弟密授功夫,高设此台,拳脚之下,伤害生灵不少。如此行为,不但目无王法,兼且欺负我辈同道中人。今死在我侄孙方世玉之手,也是上天假手为地方除害。今方世玉曾被令爱小环打得死而复生,幸他母亲赶来医好,也就泄了心中之忿。今日看我薄面,饶恕了他。我着他母子在师伯面前叩头认罪,仍叫他父亲方德补回一千两止泪银子,大家彼此不失和气。未知贤弟可肯依否？"李雄闻言，激得二目圆睁，浓眉倒竖，答道："据师兄如此讲来，我女婿冤情沉于海底。他当日比武时，若不用九环剑靴暗算我女婿，倒还可以看师兄面上，饶他性命。今将暗箭伤人，要我饶这小东西，除非我女婿重生。师兄既然到此与他出头，我也顾不得许多，有本事只管使来便了。"说罢一拳即望着五枚心坎打来。五枚不慌不忙，口中念了一声"阿弥陀佛"，将左手挑开他的拳，右手一拳，照肋下打将过去。李雄也格过一边。二人搭上手，分开拳脚，犹如龙争虎斗，一场恶战十分厉害。彼此都是绝顶功夫，只见得烟尘滚滚，日色无光。那些台下的人看得眼都花了，战有二百四十回合，方才住手，不分高下。李雄道："三日后待我摆下梅花桩，你敢与我上桩比武否？"五枚道："就饶你多活数日，我在梅花桩上取你性命便了。"二人当下分手，各带从人回寓。

且说李雄拣了擂台旁边一块空地，搭棚遮盖，随按方位步法，四围钉下一百零八路梅花桩。每步用木桩五个，中间一个，四旁四个，钉就梅花式样。比武之人足踏此桩，一进一退，均有法度。迎敌之际，手脚相合，若稍错越分毫，一失足性命难保。到了第二日，李雄差人来约，明早梅花桩上比武。

到得来朝，五枚会齐各人，装束停当，一同来到擂台，见了李雄，说道："你自恃本领，目中无人，欲摆下这梅花桩来欺我,是何道理?我看你许大年纪,全然不识进退,一味凶狠。可见你女婿也是你教坏了,所以才有今日之祸。你若不听我良言,一经失手,只可惜辜负了你师父白眉道人一番心血。还望细心想想,莫要后悔。"这一席话说得李雄满面通红,无言可答,喝道:"我不与你斗口。有本事上桩来与我见个雌雄。"五枚道:"你先上去走一路,随后我就来破你。"李雄闻言,遂卸下上身衣服,将身一纵,站在桩上,将双手望四方一拱,说声"失礼",随后展开手段,按着雄拳步法,使将出来。只听得周身筋节沥沥地响,果然有拳降猛虎,脚踢蛟龙之势,进退盘旋,均依法度。就将九九八十一路雄拳演完,跳下桩来,李雄望着五枚说道:"你也走一路我看。"五枚即将外罩衣裳脱去,至桩上站立,将手四面一拱,说道:"献丑!"遂将平生所学一百零八度雄拳施展出来。初起时,还见他一拳一脚;到后来,只见一团滚来滚去,或左或右,或前或后,忽然跳起,忽然落下,风声呼呼,威风凛凛。看的人齐声喝彩。五枚使毕,走下桩来,神色不变。

却说李雄看了,暗暗吃惊:"不料他也精此法,比我更强。"事已到此,只得硬着头皮上前对五枚道:"你敢上桩与我一决胜负乎?"五枚道:"使得!"李雄即纵身桩上。五枚遂吩咐翠花、世玉二人在桩旁照料,提防小环暗算。翠花、世玉闻言,遂分两边,留心照顾。五枚就飞步踏上桩中。只见李雄已摆下一个拳势,叫作狮子摇头。五枚就一个大火烧天拳式抢将进去。二人搭上手,一场恶战好不厉害,战到后来,李雄有些抵挡不住。因今日五枚并不念情,拳拳往他致命下手。李小环见父亲有些不济,急忙拿出双鞭,正要照准五枚打去。早被世玉眼快,即举起铁尺兜头就打。小环见是殁夫仇人,更加气忿,就在梅花桩旁大战起来。

  李巴山看见女儿被世玉绊住,不能接应,心下更加着忙,越急越不好,脚步一乱,一失足陷落梅花桩内,早被五枚照头一脚,将颈踢断,一命断送。小环见父亲死在五枚之手,痛切心肝,拼命将世玉杀败,举鞭直奔五枚。五枚手中并无寸铁,难以招架,只得将身躲过,急向翠花取了禅杖,喝对小环道:"你若不见机好好回去,管教你死在目前。"小环并不回言,那双鞭如雨点一般望着五枚头上乱打。五枚大怒,将禅杖急忙迎架,大战三十余回合。小环哪里是五枚敌手,招架不及,早被他拦开了鞭,照着头一禅杖打死在地上。

  后人看至此,叹其节孝堪嘉,只因不能劝夫谏父行于正道,至有丧身之祸,殊为可惜。当时五枚及翠花母子一班人得胜而归,仇复耻雪,说不尽的快乐荣耀呢!